U0540723

天水古今诗词选

侯金保　郭永锋　主　编

中国文联出版社

图书在版编目（CIP）数据

天水古今诗词选 / 侯金保，郭永锋主编． -- 北京：中国文联出版社，2023.4
ISBN 978-7-5190-5024-5

Ⅰ．①天… Ⅱ．①侯… ②郭… Ⅲ．①诗词－作品集－中国 Ⅳ．① I22

中国国家版本馆 CIP 数据核字（2023）第 034461 号

主　　编	侯金保　郭永锋
责任编辑	王　斐
责任校对	胡世勋
装帧设计	管　斌

出版发行	中国文联出版社有限公司
社　　址	北京市朝阳区农展馆南里 10 号　　邮编 100125
电　　话	010-85923025（发行部）　010-85923091（总编室）
经　　销	全国新华书店等
印　　刷	三河市百福春印刷有限公司
开　　本	787 毫米 ×1092 毫米　　1/32
印　　张	12.5
字　　数	200 千字
版　　次	2023 年 4 月第 1 版第 1 次印刷
定　　价	98.00 元

版权所有·侵权必究
如有印装质量问题，请与本社发行部联系调换

《天水古今诗词选》

编辑委员会

主　任　张建杰

副主任　张子芳　杨清汀

委　员　张栋梁　张宪泉　侯金保　汪　渺

主　编　侯金保　郭永锋

编　辑　王如峰　杨　逍

序　一

　　天水诗词学会编纂《天水古今诗词选》，是一件很有意义的事。

　　我国是诗的国度。具有数千年文化传承的汉语古典诗词，是中国诗歌艺术的重要内容。《天水古今诗词选》以古体诗词为主，选录了上至《诗经》，下至现当代与天水相关的诗词作者作品千余首，内容充实，涵盖面广，代表性强，较为系统地反映了数千年来天水诗歌艺术发展的一个侧面。

　　现代著名诗人何其芳说："诗是一种最集中地反映现实生活的文学样式，它饱含着丰富的想象和感情。"诗词语言凝练形象，具有鲜明节奏、和谐韵律，富于音乐美和形式美。好的诗词是人类美的灵光，是人类纯粹的精神家园。好读诗，读好诗，对于净化人的心灵，提升人生品位，丰富人生内涵，无疑具有不可言喻的作用。

　　诗比历史更悠久。世界上有些事物是不会重现的。如同人类生成发展一样，一个阶段有一个阶段的面貌，过了这个阶段再要想返回去，就只能是一种空想。曾经的山川景致，社会生活，风土人情，陇坂三山现，渭河一水通，笔底龙蛇，纸上奇峰，在历代诗人笔下留下鲜活形象。比任何史册志籍更加生动而富有想象力。

　　天地轮回，日月变迁。"萧瑟秋风今又是，换了人间。"社会进入人民当家作主的时代，国家建设蒸蒸日上，社会进步日新月异。"踏遍青山人未老，风景这边独好。"广大诗词爱好者，书生意气，笔悬三尺剑；壮志高歌，书带六钧弓。或者诗横万里，赞美九州国泰民安，讴歌陇原扶贫攻坚；或者短笛笙竹，淡写市井一抹红尘；铁板铜琶，针砭世态几端微行。好的诗词便捷、明快、朗朗上口，易于传播。鲁迅先生曾把自己的杂文比作匕首和投枪。从艺术形式上讲，诗词在某种程度上也有类似的意义。

　　从《天水古今诗词选》中看到，广大诗词作者曾经发出的光和热，让人们读到了一些很是喜欢的诗词文句。人们通过诗词与人对话，与社会对话，与自然界对话，拓展了诗词文化的公共空间。

　　宋人苏东坡有句"一年好景君须记，最是橙黄橘绿时"，唐人刘禹锡有句"晴空一鹤排云上，便引诗情到碧霄"。在诗的国度，在羲皇故里的文化沃土，广大诗词爱好者会继续写下去，情景交融于诗和远方。

　　赋诗以纪之：

迢迢渭水润斯乡,厚土高天律韵翔。
笔下风云龙与马,门前岁月稻和粱。
心随社稷排诗阵,梦潜春秋寄雁行。
不尽余波东逝水,风骚盛世颂羲皇。

是为序。

张津梁

2021 年 10 月 16 日

序 二

天水，圣水落足的地方

汪 渺

创世的第一滴圣水，
落足的地方，叫天水。
在这片神奇的土地上，
一脚会踩出八千年前的太阳。

这是我谨献给伏羲女娲《伏羲创世》中的诗句，也是对天水深厚历史文化的诠释。"一画开天"的伏羲，在那洪荒的时代，就是一位将太阳挂上天空，驱走人类认知黑暗的伟大诗人。伏羲与女娲的爱情故事，本身就是一部充满浪漫色彩的史诗。大地湾出土的陶罐上，闪烁着远古人类文明的辉煌！

蒹葭苍苍，白露为霜。
所谓伊人，在水一方……

　　这首诞生于秦地天水的《秦风·蒹葭》，是《诗经》中最浪漫迷人的诗作。诗中的水指的就是发源于齐寿山的西汉水。西汉水也是秦人的母亲河，滋养出了耸立在历史天空的大秦帝国。

　　飞将军李广，拉满弓，箭飞出，被射疼了的巨石，变成一只老虎，在月光下飞奔……那只老虎从汉代跑到当代，还会从当代跑向未来。李将军的箭成就了边关的那块石头，让沉默的石头发出虎啸，石头也成就了飞将的箭，箭永远活着。这就是天水人，给历史创造的诗意浪漫。

　　一位伟大的浪漫主义诗人，他的妙笔，将自己刻上了明月。明月是天空的玉玺，谁拥有了它，谁就是天空的王。他说银河下凡，便有了飞流直下三千尺的瀑布，东流到海不复回的黄河。没有他，中国诗歌的天空便缺少了月亮。他的名字叫李白，祖籍就在天水，其诗歌延续着天水文化的血脉。

　　公元759年秋，杜甫来到天水，滞留三个多月，被天水文化之圣水浸润，写下了百余首诗。

山头南郭寺，水号北流泉。
老树空庭得，清渠一邑传。

秋花危石底，晚景卧钟边。
俯仰悲身世，溪风为飒然。

  这是其中的一首。离开天水时，他手里多了一根精神拐杖——那棵深扎泥土的南郭古柏，他挂着它，一步步走向世人仰望的星空，成了一颗烛照人们心灵的巨星。天水之行是他诗歌的分水岭，之后，他才真正成了诗圣，无疑天水成就了杜甫。

  天水，有的地方是太阳绘出的大写意，有的地方是月亮绣出的工笔，北雄南秀兼备。尤其那座名扬天下的麦积山，月亮的手指是独自绣不出来的，还靠天水人的智慧之手，才有了水灵灵的秀气。

  "山不在高，有仙则名。水不在深，有龙则灵。"麦积山上，住满了神仙。人文始祖伏羲、孔门弟子石作蜀、汉赋大家赵壹、古文先鞭李翱、"北宗画派之祖"李思训、五代奇才王仁裕、宋词名宿张炎、明代大儒胡缵宗、翰林侍读巩建丰、晚清学人王权、陇南文宗任其昌、当代学人冯国瑞、霍松林、雷达等，都是人中之龙，构成了天水绵延不断的文脉。

  圣水落足的天水，能激发起人的诗情。不仅本土诗人，就是外籍诗人，如曹植、陆机、王昌龄等文坛巨擘，也被天水的山水之美、文化之深所折服，写下了不少传世之作。让人不得不惊叹：

天水的每一滴水，
蜜蜂都会采出蜜！

2014年盛夏的一天，在麦积山下静坐的我，突然看到：

大佛打了一个精彩的喷嚏，
从鼻孔里喷出，两只白鸽！

麦积山大佛，打个喷嚏，喷出的都是会飞的诗啊！

麦积山133窟的小沙弥，嘴角会心的微笑，浅似水纹，深似潭水，您只要瞧一眼，魂会醉在其中，一生别想走出来……

为什么他的微笑那么富有魅力？因为他面对的是神奇的天水。

2022年6月

目录

古代卷

先秦 3
 蒹葭 3
 无衣 4
 黄鸟 4
 车邻 5
西汉 7
 陇头吟 7
李陵
 别苏武歌 7
 送苏武诗 8
 天水童谣 9
东汉 10
 凉州歌 10

曹植
 伏羲赞 10
 女娲赞 11
西晋 12
陆机
 纪信颂 12
东晋 13
 陇上歌 13
南北朝 14
苻融
 企喻歌 14
苻朗
 临刑诗 14

王褒

关山篇　15

庾信

秦州天水郡麦积崖佛

　龛铭　16

顾野王

陇头水　17

唐朝　18

卢照邻

陇头水　18

入秦川界　18

早度分水岭　19

赤安谷禅师塔　19

骆宾王

陇山诗　20

王勃

陇西行　20

陇上行　21

胡曾

陇西　22

还召李将军　22

王昌龄

出塞　23

王维

陇头吟　23

李陵咏　24

崔国辅

渭水西别李仑　24

李白

南山寺　25

高适

送白少府之陇右　25

登陇诗　26

滴水崖　26

刘长卿

虞关道中　27

杜甫

秦州杂诗二十首

　（选四首）　27

山寺　28

赤谷西崦人家　29

铁堂峡　29

岑参

陇水诗　30

见渭水思秦川　30

赴北庭度陇思家　30

元结

　太昊庙乐歌　　　31

武元衡

　夜宿嘉陵江　　　31

权德舆

　渭水　　　32

　独酌　　　32

　相思曲　　　32

　岭上逢久别者又别　　　33

　玉台体十二首

　　（之十一）　　　33

薛逢

　嘉陵江　　　33

　题黄花驿　　　33

雍陶

　宿嘉陵馆楼　　　34

许棠

　题秦州城　　　34

五代　　　35

王仁裕

　登麦积山　　　35

宋朝　　　36

赵抃

　青泥岭　　　36

　栗亭　　　36

蒋之奇

　天水湖　　　37

刘景文

　登真洞　　　37

黄庭坚

　回文锦　　　38

王十朋

　李广诗　　　38

陆游

　陇头水　　　39

　雪夜感旧　　　39

朱熹

　伏羲先天图诗　　　40

李师中

　麦积山　　　40

游师雄

　马跑泉　　　41

元朝　　　42

梁志通

　大道蘧庐　　　42

明朝　　　43

王祎

　秦州道中书所见简袁

　　郡丞　　　43

3

秦州	43	**李梦阳**	
唐臣		李广	51
过伏羌	44	**张鹏**	
薛瑄		成纪秋雨	52
汉江源	44	太昊庙乐曲	52
杨溥		**白世卿**	
谒太昊宫	45	九日登玉泉观	53
杨一清		**冯惟讷**	
仙人关	45	无题	54
傅鼐		春初玉泉观饯别史子	
天水盈池	46	荐甫	55
麦积烟雨	46	太昊别宫饯孟卫原转	
东柯草堂	46	浙江观察使即席赋	
石门夜月	47	一首	55
伏羲卦台	47	游麦积山	55
张潜		**胡缵宗**	
游玉泉观	48	出塞	56
天水盈池	48	入塞	57
伏羲卦台	49	入东川	57
渭水秋声	49	伏羲台	57
石门夜月	49	天水湖颂	58
赤峪丹灶	50	与孟宪金、白民部游	
玉泉仙洞	50	玉泉观	58

杨继盛
华盖题壁　　　　　　　59
甘茹
重游麦积山　　　　　　59
宋贤
过画卦台　　　　　　　60
伍福
过铁山　　　　　　　　60
陈讲
登卦台　　　　　　　　61
王教
祁山堡　　　　　　　　62
邓山
清水道中　　　　　　　63
杨恩
采凫茈（拾菜歌）　　　63
清朝　　　　　　　　64
王熙
送业师宋荔裳先生
　兵备秦州　　　　　　64
曹尔堪
送宋荔棠少参之
　秦州　　　　　　　　64

王了望
登南郭寺　　　　　　　65
董文焕
陇南书院落成示同舍
　诸生　　　　　　　　66
秋雨叹　　　　　　　　67
宋琬
雨后湖亭　　　　　　　68
过马跑泉　　　　　　　69
杜子美草堂　　　　　　69
王际有
伏羲卦台　　　　　　　70
仙人崖　　　　　　　　70
巩建丰
大像山双明洞　　　　　71
观稼　　　　　　　　　71
不寐　　　　　　　　　71
登台望南山寺　　　　　72
胡釴
村夜　　　　　　　　　72
李广墓　　　　　　　　73
纪信祠　　　　　　　　73
王宽
咏"二妙轩"　　　　　73

牛树梅

过关山 74

吴西川

天水银池（现称瀛池） 75

净土松涛 75

麦积烟雨 75

诸葛军垒 76

朱超

至滴水崖 76

张伯魁

凤山 77

仙人关 77

拒寇雄关 77

董平章

灾虫行 78

仇池山寄秦州父老 79

留别秦州门人 80

林之望

留别秦州 81

王权

作吏 83

初夜抵家 83

秦州寓所，喜晤任士
　　言农部 83

陇山晓行 85

九日玉泉观同人集饮 85

任其昌

马跑泉遇雨 86

长宁驿 86

过三阳川 86

排闷 87

秦武域

山城 87

罗暲

香泉寺 88

近现代卷

孙海

清水驿题壁 91

秦州怀古 91

丁体常

留别市民（选二） 92

巨国桂

伏羲卦台 93

度陇有感 93

一路 93

安维峻

中秋望月有感 94

辞阙 94

行秦州山中作山农曲 95

杨润身

玉泉仙洞 95

麦积烟雨 95

任承允

玉泉 96

大雅堂 96

遣兴 96

自题桐自生斋 97

谭嗣同

陇山道中 98

周应沣

葫芦河 98

陇上怀古 99

李克明

庞德墓 99

隗嚣城 100

许承尧

李广故里 100

关子镇岭 100

慕寿祺

射虎寺 101

宿关山寄秦州各知己 101

题《鸟鼠山人集》 102

于右任

清水早发 102

清水道中 102

秦岭 103

清水县麻鞋歌 103

过秦州 104

魏绍武

咏秦州起义 105

汪剑平

风絮次仲翔 105

晨起 106

春日觞客示尧臣、
　　友时、澄子 106

五弟由西和至失喜
　　赋示 106

澄子约同柳樵踏青意
　　忽不快诗以谢之 107

韩瑞麟

清水道中　　　　　　107

邓宝珊

幼年出玉门关　　　　108

题《杜甫行吟图》　　108

罗家伦

渡天水关　　　　　　109

天水追怀杜少陵　　　109

谒李广墓　　　　　　109

秦安道中　　　　　　110

胡宗珩

簧门笳奏（选一）　　110

秦州光复见闻杂咏

（选二）　　　　110

张澄子

中秋与天水诗社诸友

燕集　　　　　　111

鹊踏枝　　　　　　　111

甲子除夕　　　　　　112

冯国瑞

禹卿丈亦园成索诗

却寄　　　　　　112

洛门　　　　　　　　112

谒宋荔裳先生祠　　　113

石莲谷题照　　　　　113

云雾山幽居杂诗

十二首之一　　　114

聂幼莳

寄内　　　　　　　　114

村居漫赋　　　　　　115

暑雨旋晴诸老过谈　　115

论诗示励青尚尧　　　116

访东城　　　　　　　116

苏荗

东泉书院　　　　　　117

武耀南

隗嚣宫　　　　　　　118

张尚尧

戊辰初夏雨晨郊行　　118

夏日卧听雷雨　　　　118

绝句　　　　　　　　119

丙寅谷雨日诗社同人

南郊看桃花　　　119

马永慎

浣溪沙·和励青寿余

七十生辰赋词

选一　　　　　　120

离亭燕·中秋寄怀　　120

沁园春·乌鲁木齐
　　怀旧　　　　　121
鹧鸪天·春日寄怀
　　台湾　　　　　121
邓宝珊将军纪念亭
　　落成有感　　　121
王秉钧
故园吟　　　　　　122
访杜公祠堂　　　　123
鹧鸪天·西湖　　　123
数十学友专车谒
　　李广墓不值　　123
朱据之
甲子九日偕诸友登
　　玉泉观　　　　124
一剪梅·咏盆梅燕
　　脂红　　　　　124
乙丑上巳与诗社诸人
　　南郊赏桃花　　124
秋雨爽人，读蔡公度
　　诗题后　　　　125
望江东·丙寅上元天水
　　诗社友声乐社欢聚玉
　　泉观赋此　　　125

武克雄
病中偶成　　　　　126
大像山观大佛石窟碑
　　记有言　　　　126
贺天水诗社成立时值
　　建国三十五周年　126
逸兴　　　　　　　127
赵槐青
初夏拂晓　　　　　127
感事　　　　　　　127
朱仙镇怀古　　　　128
竹悟　　　　　　　128
胡定一
报载中英香港问题已
　　达成协议喜而赋此　128
摸鱼儿·周总理逝世
　　十周年祭　　　129
孙艺秋
自题幽兰小幅　　　130
闻箫　　　　　　　130
麦积山题壁　　　　130
题三弟作《松菊图》
　　兼寄津门　　　131
围炉　　　　　　　131

9

蔡景文
踏莎行·时事感怀	131
济南吊李清照	132
过涿州	132
满江红·故宫怀古	132
临江仙·重游麦积山	133

甄昶
千秋岁引·建国四十周年抒怀	133
如梦令·老人节感怀	133

霍松林
台湾学者王拓自美归国祭扫黄陵，邵燕祥赠以七律，毕朔望约予同和	134
天水影印《二妙轩碑贴》，且将摹刻于南郭寺碑林，喜题	134
兰州慈爱园别邓宝珊先生	135
寄怀乡前辈冯仲翔先生	135
麦积山道中	135

袁第锐
题麦积山、仙人崖	136
天水杂诗	136

李文遐
香港回归	137
浪淘沙·祖国春	138
甘肃首届丝绸之路节	138

汪都
与友人春游麦积山	138
清水礼赞	139
庆祝建国四十周年	139
芳草吟——祝贺天水诗词学会成立	139
师生情	140

王景纯
野望	140
已卯秋夜读良辅君佳作口占	140
一九九五年春，何坪村又建水井一口，可浇灌坡田百亩，喜赋	141

代内子蔡蕙兰寄啸红表兄台湾	141	赠甘谷雒济民同学兼索和	149
辛巳春日喜赋	141	蝶恋花·祝省诗词学会代表大会召开	149
马永惕		沁园春·祝六届西交会	149
次韵家兄冬日楼居远眺	142	青玉案	150
放歌行（寿尚尧七十）	142	**康务学**	
高阳台	143	论书绝句	150
满江红	144	**赵铁民**	
唐多令·甲子中秋	144	岁月有怀	151
董晴野		怀旧	152
辛酉元日书怀	145	**吕仰端**	
楼头排闷	145	过李广墓	152
西安话别霍松林教授	146	南山古柏	153
西塞山	146	已巳元日海生儿自美国来电话问安感赋	153
莺啼序·送薛映承君调任兰城	146	千秋岁·祝贺中国共产党诞辰七十周年	153
赠映承君二首	147	东风第一枝	154
吴瑄		**吴玉海**	
自题秋山观瀑图	147	羲里颂	154
张举鹏		芙蓉公园	155
到家即事	148	买菊	155

11

卜算子·癸未元宵节			登望江亭	161
观感	155		甲子岁游西湖有感	162
水龙吟·看神六颂			雪后游南郭寺	162
高新	156		**王直**	
马弘毅			春雷	162
纪念彭德怀元帅九五			如梦令	163
周年诞辰	156		耤河大桥	163
邓公颂	157		崆峒山	163
西气东输颂	157		**安其超**	
三峡水库工程颂	157		边戍曲	164
张心研			感时	164
题照	158		冬至书愤	164
访成县杜甫草堂	158		与马炯游天嘉鸾亭	
辛巳暮秋南京访			谷中	165
陇上柳	159		**李扬**	
赞兆颐	159		复张举鹏先生	165
闻名演员李媛媛病逝	159		即兴感赋	166
赵建基			**刘肯嘉**	
博学老人	160		青龙观	167
题猛洞河	160		凤凰嘴	168
春讯	161		病树吟	168
李应举			永遇乐·忆母嫂	
伏羲公祭大典在新建			述怀	169
祭祀广场举行	161		望海潮·咏天水	169

裴守志

忆江南　　　　　　　　170

郑荣祖

贺小陇山林业实验局
　　成立四十周年　　　170
过河西　　　　　　　　170
祝麦积诗社成立　　　　171
鹧鸪天·陇上麦熟　　　171

刘昌

自度　　　　　　　　　171
自度　　　　　　　　　172
自度　　　　　　　　　172

李承旭

谭嗣同殉难一百周年
　　纪念　　　　　　　172
石鼓山　　　　　　　　173

杜正兴

平韵满江红·登南京
　　长江大桥　　　　　173
劲松　　　　　　　　　174
春雨　　　　　　　　　174
夜听吹埙　　　　　　　174
看戏　　　　　　　　　175

田润

咏笑佛　　　　　　　　175
曲溪游记　　　　　　　176
双玉兰堂　　　　　　　176
【正宫】脱布衫带过
　　小梁州·三春　　　176
登兰山三台阁远眺　　　177

何晓峰

奉和汪都校长时庚申
　　秋暑于夏令营也　　177
和玉如词丈东岗新居
　　四律之四　　　　　178
水调歌头·用张子湖
　　添字格戏呈诸诗侣
　　一粲　　　　　　　179
贺新郎　　　　　　　　179
满庭芳·夜闻蟋蟀
　　有感　　　　　　　179

罗培模

麦积抒怀　　　　　　　180

王天德

春旱喜逢好雨　　　　　180
咏梅　　　　　　　　　181

汉宫春·读史感题
　　赵充国　　　　181
水调歌头·谒成都
　　草堂　　　　　181
一剪梅·春游都
　　江堰　　　　　182
王柄
外公入梦来　　　　182
老屋　　　　　　　183
秋夜　　　　　　　183
壬辰元宵耤滨重逢
　　新阳故友　　　183
情思　　　　　　　184
王克俊
鹧鸪天·返里小记　184
浣溪沙·赞癸未年
　　伏羲文化节暨商贸
　　洽谈会　　　　184
癸未年春吟　　　　185
玉簪花　　　　　　185
吴恒泰
石门夜月　　　　　185
奉和济川诗翁　　　186

鹤寿颂　　　　　　186
　　——致天水市门协
　　　八旬大寿的门球
　　　老友
观关山"花儿"会　187
张子芳
党八十华诞颂　　　187
武山北顺渠修复通水　188
忆赵公　　　　　　188
祝贺市果协会成立
　　十周年并赞协会
　　老同志　　　　189
韩玉琳
春雨　　　　　　　189
返乡吟　　　　　　190
水调歌头·天水市
　　曲溪景观　　　190
水调歌头·高家湾
　　生态园观光　　190
水调歌头·西湖
　　咏怀　　　　　191
邓伯言
红烛颂　　　　　　191
戊辰秋观麦积山红叶　192

仙人崖	192	蔡培川		
秋夜咏怀	192	浣溪沙·重游武山		
临江仙·咏竹	193	水帘洞	198	
——兼呈林家英师		李正明		
王耀		临江仙·花牛春早	199	
江城子·迎香港		烟雨麦积山	199	
回归	193	石门聚仙桥上	200	
观赏王永兰剪纸	194	**何永仁**		
游南郭寺新赋		心得	200	
（古风）	194	过遵义	201	
鲜招成		退休乐	201	
道家第一山	195	仇池山	201	
太统山下	195	杂感	202	
熊顺保		**李桂梓**		
致天水市五中马炳烈		泰山日观台	202	
老师	196	乙亥秋日漫兴	202	
致幼儿园及小学		中山陵	203	
教师	196	读史咏平津战役	203	
程天启		【中吕】山坡羊·		
虞美人	196	麦积山	203	
赵合璧		**陈冠英**		
大像山	197	生肖情结（古风）	204	
九游晚霞湖	197	**杨效俭**		
满江红·仇池风韵	197	石家河新貌	204	

天水湖一瞥（新韵）	205
摆露水	205
贺登祥先生《铁堂云影记》出版	205

田大均

谒六盘山红军长征纪念亭	206
别故居	206
游秦岭分水阁	207
清水古洞悬石	207

薛方晴

唐多令·重阳回眸	207
减字木兰花·秦安县一中2020届成人礼庆典志贺	208
一剪梅·读织锦回文诗忆苏蕙	208
临江仙·生日宴	208

马炯

呈天水诗社马堇庵先生	209

刘兆麟

寄山西友人郝君	209

观缑建民先生画《唐音阁山水诗意图》有感	210
虞美人·陇上送别	210
水调歌头	210
满庭芳	211

石廷秀

华山颂	211
自乐	212
南歌子·夕阳乐	212
采桑子·春节乐	212
忆日军南京大屠杀	213

雒翼

世叔汪翁仙游纪念	213

汪浩德

葡萄	214
晨练	214

李世荣

阔别母校四十年感怀	214
仙人崖景区览胜	215
古稀抒怀	215
游青铜峡黄河大峡谷	215
恩师包效仁仙逝十年祭	216

薛映承

瑞龙吟 216

齐天乐 217

赠秘书处、研究室 217

赠组织部、老干局、
　党校 217

赠司机 218

李子伟

麦积山吟 218

悼韩玉琳先生 219

李光琦

闲来偶成 220

黄鹤楼 220

杂咏 220

春雨 221

刘少荣

南郭寺杜甫雕像落成
　有作 221

鹧鸪天·闻海洋君调
　兰州有作 222

题张维萍女史《大像
　山》白描画 222

悼陈冠英兄 222

王廷贤

中秋节诗社雅集应邀
　并赠座中诸公 223

岁除归家 223

咏双玉兰 224

秋叶 224

冬日野望 224

挽王国济 225

辛广顺

游张家川宣化冈 225

游崆峒山 226

清平乐·六盘山 226

胡愈

惜别 226

壶口黄河瀑布遐想 227

访韶山毛泽东故居 227

武汉抗疫 228

庚子春偕妻游耤河
　风情线 228

李自宏

登九华山 228

敦煌行 229

武夷山 229

苏爱生
春柳 229
读习总书记在正定
    有感 230
问凌霄塔 230
沁园春·贺母校
    北京大学建校
    120周年 230
满江红·庆国庆七十
    周年 231

张友渲
醉桃源·和梁军先生 231
题《雪山登高图》 231
题《春江渔隐图》 232

山岗
为纪念马克思诞辰
    200周年暨《共产党
    宣言》发表170周年
    而作 232
感多省市援鄂医疗队
    凯旋兼迎家乡医疗队
    返陇 233
观母校题名悼袁隆平
    院士 233

南歌子·贺天水市老年
    大学合唱团赴川展演
    获钻石金奖兼赠挚友
    利民 234

黄进程
与袁第锐等诗界名贤
    登陇右大像山 234
姜维纪念馆落成感作 235

刘凤翔
石门游 235
答台湾艺文交流协会
    会长史元钦先生
    画展柬邀 236
过铁堂庄怀姜维 236
秋日感怀 236
步其超诗兄见赠原韵 237

王登祥
鹧鸪天·中秋怀母 237
暇日即兴 237
祁山谒武侯祠 238
秋末有感致诗友 238
生辰有感 238

闫陪辇
八声甘州·陇坂秋 239

瑞鹤仙·悼马汉江	
先生	239
《秋兴》八首选二	240
和梦之先生	240
郑子林	
咏仙人湖畔迷彩松	241
张川采风行	241
谒姜维墓	242
奚沛	
饮茶	242
春风	242
秋怀	243
秋色	243
九日登南山	243
马汉江	
游曲溪	244
吟分水阁	244
浪淘沙·北戴河看海	245
诉衷情·谒孟姜女庙	245
庆祝建市、诗词学会	
成立廿周年	245
缑建明	
早春	246
梅堂咏	246

江南归来	246
又到莫愁湖	247
移居诗	247
李桥	
扫花游·咏牵牛花	247
沁园春·步恬园师	
《秋意》韵敬和	248
锁窗寒·悼故人	248
忆萝月·邂逅	249
水调歌头·敬献给	
抗洪抢险的解放军	
将士	249
邵凯	
悼马汉江同学	250
蒲珩画赏后	250
河堤漫步	250
谢赵恒杰先生赠诗	251
赵立坤	
华山	251
黄山	251
金城夜月	252
诸葛军垒	252
净土寺	252

19

杨玲玲

满江红·重阳节
　　怀外子　253
浣溪沙·芦苇　253
水调歌头·310 国道
　　牛背段竣工感赋　254
奉和恬园诗翁
　　《沁园春》秋意　254
浣溪沙·听胡宝琴
　　女史抚琴　255

邵全尧

向日葵（新韵）　255
红桥咏（新韵）　255
习字有感（新韵）　256
咏菊（新韵）　256

王钧钊

梅　257
兰　257
竹　257
菊　258

侯金保（侯京保）

天水诗词学会三十二年
　　有感　258
香港回归颂　259

乒乓颂　259
浣溪纱·贺新中国
　　七十华诞　259
满江红·建党百年颂　260

李秋明

游峨眉山　260
雨后即景　260
游石门　261
读侯京保先生《三余
　　杂录》有感　261
念奴娇·赤壁怀古　261

姚世宏

在访澳洲感怀　262
西岳南峰　262
无题　263

蒋望宸

贺宁远书画院隆重
　　成立　263
甘肃画院会赵正院长
　　有赠　264
悼乡贤张君义画师　264

温毓峰

耤河风情线闲吟　265
天水湖掠影　265

春日夤夜抒怀 266
春归新阳古镇即兴 266
南山古柏 266

阎胜利

秋日登麦积山
　（新韵） 267
秋访卧虎山庄 267
【双调】折桂令·
　天水净土寺 267
【双调】折桂令·
　宁夏沙湖 268
踏莎行·青海湖
　二郎剑景区 268

赵恒杰

天水诗词学会吟友
　喜聚秦岭中学并
　再咏分水阁 268
大寒偶得 269
满江红·拜谒岳王庙 269

任遂虎

垦地种花（新韵） 270
高阳台·除夕夜 270
浣溪沙 271

程凯

七律 272
纪念诗人柯仲平 272
新岁接兰垣陈兄诗柬，
　原玉奉和 273

杜松奇

伏羲文化节感赋 273
重读《县委书记的榜
　样——焦裕禄》
　（古风） 273
秦安桃园即景 274
参加省政协六次会议
　闻余退休获常委
　通过感赋 274

张津梁

寒春车过冶力关 275
吟端午 275
江城子·母亲节 276
永遇乐·陪孙童
　游乐场中 276
七言四十韵庚子
　抗疫歌 276

郭永禄

净土胜境 278

21

野柳地质公园	279
冬日观鹭	279
石门夜月	279
登泰山	280
缑光福	
偶得	280
胡喜成	
放歌行	281
秦安龙泉寺	282
水调歌头·武山 　水帘洞	282
醉蓬莱	283
雪梅香	283
倪元存	
花石崖	284
观壶口瀑布	284
丙申年重阳节与敬 　瑞香君品茗	284
吴治中	
访琼崖纵队旧址	285
翠湖	285
齐寿山行（古风）	285
游新洞寺（新韵）	286
咏菊	286

薛国荣	
读杜甫陇右诗有感 　（新韵）	287
桃园叹（新韵）	287
咏女娲（新韵）	287
大地湾（新韵）	288
行香子·访农家	288
李蕴珠	
观电视剧《唐明皇》	289
水龙吟·读《逍遥游》 　有赠	289
贺新凉·读兆颐大师 　为李扬前辈画 　《持蟹赏菊图》	290
蝶恋花·听宝琴女史 　抚琴	290
扫花游·竹	290
徐金保	
冬闲	291
冬至闲吟	291
新年喜获《中华诗词 　大学》毕业证兼呈 　王东篱老师	292
游庙山	292

粉笔	292	雷云鹏	
陈田贵		黄鹤楼	298
卦台山	293	敦煌	298
仙人湖	293	沁园春·清水采风	299
榜沙河	294	沁园春·南郭寺怀	
春登木梯寺远眺	294	杜甫	299
油圈圈	294	沁园春·大地湾怀古	300
马晓萍		**王君明**	
宣化冈拱北	295	咏天鹅	300
关山行	295	老牛叹	301
平安牧场	295	谒岳麓书院	301
咏梅（新韵）	296	孤山怀林和靖	301
雪	296	孤山怀苏小小	302
杨民升		**戴金旺**	
南乡子·赠平凉辛自		访曹雪芹故居	302
美老师	296	思家	303
诉衷情·贺杨利伟		咏月（新韵）	303
飞天载誉归来	297	记游	303
谒天水卦台山有感	297	**樊小东**	
读《爱国主义教育		【仙吕】忆王孙·	
基地对联选》兼呈		送奶工	304
内蒙火花门票收藏家		【中吕】山坡羊·	
张士儒先生	297	故乡狮子岩	304

23

【中吕】喜春来·
　　遥寄　　　　　　304
李茏
隗嚣宫遗址怀古　　　305
谒天水师院霍松林
　　艺术馆　　　　　305
读《逍遥游》　　　　305
望麦积灵岳　　　　　306
元旦感怀（新韵）　　306
刘向京
酬天宁兄贻四君子图　307
卜算子·秋末姚越兄
　　招饮，分韵得宇字　307
回乡风情园　　　　　308
西江月·登大像山　　308
过姜维墓　　　　　　308
王正威
咏兰　　　　　　　　309
雨后行　　　　　　　309
春雨　　　　　　　　309
雨后游杜陵　　　　　310
感怀　　　　　　　　310
姚越
卦台山　　　　　　　311

浣溪沙·南山听琴　　311
【中吕】山坡羊·
　　东柯草堂　　　　311
封丽珍
小寒翠湖公园行吟　　312
秋游南山云端　　　　312
麦积山　　　　　　　313
端午　　　　　　　　313
巩晓荣
冬日马跑泉　　　　　313
冬日麦积翠湖　　　　314
靴子坪姜维墓　　　　314
甘谷大像山　　　　　314
兰金补
原韵谢少林方丈兄
　　赐和　　　　　　315
远望　　　　　　　　315
写给抗疫志愿者　　　316
感西安疫情　　　　　316
春初杂感　　　　　　316
晨步　　　　　　　　317
赵跟明
登徽县吴山　　　　　317
回乡杂吟　　　　　　318

傍晚翠湖漫步	318	凤县凤凰湖水上乐园	
蜀游	318	观后吟怀	324
崇福寺感怀	319	访两当西坡乡三渡水	

张向红

		唐御史吴郁故居	324
鹧鸪天	319	暮春午后登南山谒	
临江仙	319	杜公祠	325

郭永锋

杨康明

南郭寺欣逢王正威		谒红军西路军高台	
老师（新韵）	320	烈士陵园（新韵）	325
与麦积诗友雅聚		悼母亲（新韵）	326
（新韵）	320	秦源怀古（新韵）	326
悼任道长（新韵）	321	关山行（新韵）	326

周静

"古典诗词进校园"		己亥春节后随吟	
糌口中学朗诵会		（新韵）	327
有感	321	春兴	327
秋怀杨效俭老师		春日游马跑泉公园	328
（新韵）	322	己亥三月十九日爱人往	

贾锦云

		南山牡丹园乃作	328
麦织甘泉云雾山	322	己亥立夏闲吟	328
探梅	323		
临江仙·再别厦门	323		

郭永杰

丑奴儿·翠湖春景	323	谒杜少陵祠（古风）	329

李三祥

	太京暮春（古风）	329
暮春曲江池行吟	324

25

安国
新年感怀（新韵） 330
渔家傲·贺天水诗词
　学会成立30周年
　（新韵） 330

闫桔林
杏 331
恭贺康坤、韩涛大婚 331
华盖寺 331
山头看天水镇 332

张晓刚
酸枣 332
唐多令四首 333

马小爱
咏玉兰花 334
春雨（新韵） 334
鹧鸪天·暮春马跑泉
　公园赏郁金香 335

何莉
虞美人·柳絮 335
武山水帘洞 335
秦州偶题 336
百草斋和南坡先生 336
采桑子·佛公桥 336

雨霖铃·咏双玉兰堂 337

付伯平
热烈祝贺《汉风书画》
　付梓 337
锦缠道·秦州区农村
　建设 338
双调碧玉箫·国学大师
　霍松林颂 338
　——纪念霍松林先生
　逝世两周年

刘红亮
满江红 338
华盖寺（新韵） 339
鹧鸪天·谒姜维墓 339
满江红·重阳节前
　怀诗友 340

闫武装
天水市诗词学会瞻仰
　女娲祠即景 340
忆母校 341
麦积诗词班小陇山
　采风 341
大理笔会 341

刘玉璞

冬夜南郭寺	342
雪后登麦积山	342
伏羲庙后花园（新韵）	342
清明李广墓怀飞将	343
庚子抗疫有感	343

闫永峰

意难忘·秋夜兴怀	343
一丛花·秋兴	344
教师节缅怀先师邵荣光先生	344
醉红妆·春日远足	344
江月晃重山·重阳抒怀	345

颜刚强

读山西运城原市委副书记安永全《我的高考》有感	345
张家川采风有感	346

宋月定

母亲逝世二周年祭	346
答朋友问	346

唐满满

母亲	347
雨荷	347
谒金门·春来了	347

王旭东

教师节感吟	348
登永庆寺	348
任法融道长羽化有吟（新韵）	348

苏静

【中吕】山坡羊·抗疫	349
【中吕】满庭芳·盼儿（新韵）	349
【中吕】山坡羊·一路向西随想	350
【大石调】初生月儿·张掖丹霞	350

王文婧

宣化冈遣兴	350
大像山水上公园	351

后　记	352

古代卷

蒹 葭

蒹葭苍苍,白露为霜。
所谓伊人,在水一方。
溯洄从之,道阻且长。
溯游从之,宛在水中央。

蒹葭萋萋,白露未晞。
所谓伊人,在水之湄。
溯洄从之,道阻且跻。
溯游从之,宛在水中坻。

蒹葭采采,白露未已。
所谓伊人,在水之涘。
溯洄从之,道阻且右。
溯游从之,宛在水中沚。

无 衣

岂曰无衣？与子同袍。
王于兴师，修我戈矛。
与子同仇。

岂曰无衣？与子同泽。
王于兴师，修我矛戟。
与子偕作。

岂曰无衣？与子同裳。
王于兴师，修我甲兵。
与子偕行。

黄 鸟

交交黄鸟，止于棘。
谁从穆公？子车奄息。
维此奄息，百夫之特。
临其穴，惴惴其慄。

彼苍者天，歼我良人！
如可赎兮，人百其身。

交交黄鸟，止于桑。
谁从穆公？子车仲行。
维此仲行，百夫之防。
临其穴，惴惴其慄。
彼苍者天，歼我良人！
如可赎兮，人百其身。

交交黄鸟，止于楚。
谁从穆公？子车针虎。
维此针虎，百夫之御。
临其穴，惴惴其慄。
彼苍者天，歼我良人！
如可赎兮，人百其身。

车　邻

有车邻邻，有马白颠。
未见君子，寺人之令。

阪有漆,隰有栗。
既见君子,并坐鼓瑟。
今者不乐,逝者其耋。

阪有桑,隰有杨。
既见君子,并坐鼓簧。
今者不乐,逝者其亡。

西汉

乐府民歌

陇头吟

陇头流水,鸣声呜咽。
遥望秦川,肝肠断绝。
朝发欣城,暮宿陇头。
塞不能语,舌卷入喉。

李陵(前134—前74) 字少卿,陇西成纪(今甘肃省天水市秦安县)人,西汉将领李广之孙。

别苏武歌

径万里兮度沙漠,为君将兮奋匈奴。
路穷绝兮矢刃摧,士众灭兮名已隤。
老母已死,虽欲报恩将安归?

送苏武诗

（一）

良时不再至，离别在须臾。
屏营衢路侧，执手野踟蹰。
仰见浮云驰，奄忽互相逾。
风波一失所，各在天一隅。
长当从此别，且复立斯须。
欲因晨风发，送子以贱躯。

（二）

携手上河梁，游子暮何之。
徘徊蹊路侧，恨恨不得辞。
行人难久留，各言长相思。
安知非日月，弦望自有时。
努力崇明德，皓首以为期。

（三）

嘉会难再遇，三载为千秋。
临河濯长缨，念子怅悠悠。
远望悲风至，对子不能酬。
行人怀往路，何以慰我愁。
独有盈觞酒，与子结绸缪。

天水童谣

出吴门,望缇群,见一蹇人。
言欲上天,令天可上,地下安得民!

歌 谣

凉州歌

游子常苦贫,力子天所富。
宁见乳虎穴,不入冀府寺。
大笑期必死,忿怒或见置。
嗟我樊府君,安可再遭值。

曹植(192—232) 字子建,沛国谯(今安徽省亳州市)人。魏武帝曹操之子,三国时期曹魏诗人、文学家,建安文学的代表人物。

伏羲赞

木德风姓,八卦创焉。
龙瑞名官,法地象天。
庖厨祭祀,网罟渔畋。
瑟以象时,神德通玄。

女娲赞

古之国君，造簧作笙。
礼物未就，轩辕纂成。
或云二皇，人首蛇形。
神化七十，何德之灵？

西晋

陆机（261—303） 字士衡，吴郡吴县（今江苏省苏州市）人。西晋文学家、书法家，曾任平原内史、祭酒、著作郎等职。

纪信颂

纪信诳项，韬轩是乘。
摄齐赴节，用死孰惩。
身与烟消，名与风兴。

东晋

乐府民歌

陇上歌

（陈安善于抚接吉凶，夷险与众同之，及其死，陇上为之歌曰）

陇上壮士有陈安，躯干虽小腹中宽。
爱养将士同心肝，骢骢父马铁锻鞍。
七尺大刀奋如湍，丈八蛇矛左右盘。
十荡十决无当前，战始三交失蛇矛。
弃我骢骢窜岩幽，为我外援而悬头。
西流之水东流河，一去不还奈子何？

南北朝

苻融（？—383） 字博休，略阳临渭（今甘肃省秦安县东南）人，十六国时前秦将领，前秦皇帝苻坚的弟弟。封平阳公，累迁司隶校尉、太子太傅、录尚书事，战死。

企喻歌

男儿可怜虫，出门怀死忧。
尸丧狭谷中，白骨无人收。

苻朗（生卒年不详） 字元达，略阳临渭（今甘肃秦安县东南）人，十六国时前秦皇帝苻坚从兄之子。征拜镇东将军、青州刺史、封乐安男、方伯。为王国宝谮而杀之。著有《苻子》数十篇行于世。

临刑诗

四大起何因？聚散无穷已。
既过一生中，又入一死理。

冥心乘和畅，未觉有终始。
如何箕山夫，奄焉处东市。
旷此百年期，远同嵇叔子。
命也归自天，委化任冥纪。

王褒（513？—576）字子渊，北周诗人、书法家。曾任秘书丞、宣城内史等。

关山篇

从军出陇坂，驱马度关山。
关山恒掩蔼，高峰白云外。
遥望秦川水，千里长如带。
好勇自秦出，意气多豪雄。
少年便习战，十四已从戎。
辽水深难渡，榆关断未通。

庾信（513—581） 字子山，南阳新野（今河南省新野县）人。年轻时曾在南梁宫中任学官，后入北朝，历仕西魏、北周，官至骠骑大将军开府仪同三司，为北朝文学的代表人物。

秦州天水郡麦积崖佛龛铭

镇地郁盘，基乾峻极，
石关十上，铜梁九息。
百仞崖横，千寻松直。
阴兔假道，阳乌回翼。
载辇疏山，穿龛架岭。
纠纷星汉，回旋光景。
壁累经文，龛重佛影。
雕轮月殿，刻镜花堂。
横镌石壁，暗凿山梁。
雷乘法鼓，树积天香。
嗽泉珉谷，吹尘石床。
集灵真馆，藏仙册府。
芝洞秋房，檀林春乳。
水谷银沙，山楼石柱。
异岭共云，同峰别雨。
冀城余俗，河西旧风。
水声幽咽，山势崆峒。

法云常住，慧日无穷。
方域芥尽，不变天宫。

顾野王（519—581） 字希冯，吴郡吴（今江苏省吴州）人。南朝陈文字训诂学家，著《玉篇》三十卷。

陇头水

陇坻望秦川，迢递隔风烟。
萧条落野树，幽咽响流泉。
瀚海波难息，交河冰未坚。
宁知益山水，逐节赴危弦。

唐朝

卢照邻（约637—约686） 字升之，号幽忧子，唐幽州范阳（今河北省涿州市）人。著有《卢照邻集》。

陇头水

陇山飞落叶，陇雁度寒天。
愁见三秋水，分为两地泉。
西流入羌郡，东下向秦川。
征客重回首，肝肠空自怜。

入秦州界

陇坂长无极，苍然望不穷。
石径萦疑断，回流映似空。
花开绿野露，莺啭紫岩风。
春芳勿遽尽，留赏故人同。

早度分水岭

十年游蜀道,万里向长安。
徒费周王粟,空弹汉吏冠。
马蹄穿欲尽,貂裘敝转寒。
层冰横九折,积石凌七盘。
重溪既下漱,峻峰亦上干。
陇头闻戍鼓,岭外咽飞湍。
瑟瑟松风急,苍苍山月圆。
传语后来者,斯路诚独难。

赤安谷禅师塔

独坐岩之曲,悠然无俗氛。
酌酒呈丹桂,思诗赠白云。
烟霞朝晚聚,猿鸟岁时闻。
水华镜秋色,山翠含夕曛。
高谈十二部,细核五千文。
如如数冥昧,生生理氤氲。
古人有糟粕,轮扁情未分。
且当事芝术,从吾所好云。

骆宾王（约638—684） 婺州义乌（今属浙江）人。曾随徐敬业起兵反对武则天，兵败后下落不明。有《骆宾王集》，《讨武曌檄》为文中佳品。

陇山诗

陇坂高无极，征人一望乡。
关河别去水，沙塞断归肠。
马系千年树，旌悬九月霜。
从来共呜咽，皆是为勤王。

王勃（650—676） 字子安，唐绛州龙门（今山西省河津市）人。唐初四杰之一。尤以《滕王阁序》为最，著有《王子安集》。

陇西行

陇西多名家，子弟复豪华。
千金买骏马，蹀躞长安斜。
雕弓侍羽林，宝剑照期门。
南来射猛虎，西去猎平原。
既夕罢朝参，薄暮入终南。
田间遭骂詈，低语示乘骖。

入被銮舆宠，出视辕门勇。
无劳豪吏猜，常侍当无恐。
充国出上邽，李广出天水。
门第倚崆峒，家世垂金紫。
麟阁图良将，六郡名居上。
天子重开边，龙云垒相向。
烽火照临洮，榆塞马萧萧。
先锋秦子弟，大将霍嫖姚。
开壁左贤败，夹战楼兰溃。
献捷上明光，扬鞭歌入塞。
更欲奏屯田，不必勒燕然。
古人薄军旅，千载谨边关。
少妇经年别，开帘知礼客。
门户尔能持，归来笑投策。

陇上行

负羽到边州，鸣笳度陇头。
云黄知塞近，草白见边秋。

胡曾（生卒年不详） 长沙（今湖南省长沙市）人。唐懿宗咸通进士，曾任汉南节度使从事。高骈镇蜀时任书记，曾在军幕中做事，有《咏史诗》三卷。

陇 西

乘春来到陇山西，隗氏城荒碧草齐。
好笑王元不量力，函关那受一丸泥。

还召李将军

烽火动沙漠，连照甘泉云。
汉皇按剑起，还召李将军。
兵气天上合，鼓声陇底闻。
横行负勇气，一战净妖氛。

王昌龄（？—约756） 字少伯，京兆长安（今陕西省西安市）人。唐开元十五年（727）进士，曾任秘书省校书郎、江宁县丞、龙标尉等职。盛唐时期著名边塞诗人，有"七绝圣手""诗家天子"之称。

出　塞

秦时明月汉时关，万里长征人未还。
但使龙城飞将在，不教胡马度阴山。

王维（701—761） 字摩诘，唐太原祁（山西省祁县）人。世称王右丞。唐杰出诗人、画家，田园派主要诗人。有《王右丞集》。

陇头吟

长安少年游侠客，夜上戍楼看太白。
陇头明月迥临关，陇上行人夜吹笛。
关西老将不胜愁，驻马听之双泪流。
身经大小百余战，麾下偏裨万户侯。
苏武才为典属国，节旄空尽海西头。

李陵咏

汉家李将军，三代将门子。
结发有奇策，少年成壮士。
长驱塞门儿，深入单于垒。
旌旗列相向，箫鼓悲何已。
日暮沙漠陲，战声烟尘里。
将令骄虏灭，岂独名王侍。
既失大军援，遂婴穹庐耻。
少小蒙汉恩，何堪坐思此。
深衷欲有报，投躯未能死。
引领望子卿，非君谁相理？

崔国辅 山阴（今浙江省绍兴市）人，一作吴郡（今江苏省苏州市）人，诗人。所作乐府小诗笔致清婉，言浅意深。

渭水西别李仓

陇右长亭堠，山阴古塞秋。
不知呜咽水，何事向西流？

李白（701—762） 字太白，祖籍陇西郡成纪县（今甘肃省天水市附近）。终生未参加过科举考试，唐天宝元年（742），因诗才受诏入供奉翰林。有"诗仙"之称，为唐代最伟大的浪漫主义诗人。

南山寺

（《秦州直隶州新志》原注曰："太白未至秦州，诗亦不似。故老云从土中得诗碣，如此姑存之。"）

自此风尘远，山高月夜寒。
东泉澄澈底，西塔顶连天。
佛座灯常灿，禅房花欲然。
老僧三五众，古柏几千年。

高适（约700—765） 字达夫，沧州渤海（今河北省景县）人，唐边塞诗派的著名诗人，以《燕歌行》为最，有《高常侍集》。

送白少府之陇右

残更登陇首，远别指临洮。
为问关山事，何如州县劳。

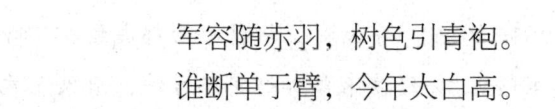

军容随赤羽,树色引青袍。
谁断单于臂,今年太白高。

登陇诗

陇头远行客,陇上分流水。
流水无尽期,行人去未已。
浅才登一命,孤剑通万里。
岂不思故乡,从来感知己。

滴水崖

山股逗飞泉,泓澄傍岩石。
乱垂寒玉条,碎洒珍珠滴。
澄波涵万象,明镜泻天色。
有时乘月来,赏咏还自适。

刘长卿（？—约789）　字文房，河间（今属河北）人。唐开元二十一年（733）进士，曾任转运使判官。得罪权贵，两遭贬谪，官终随州刺史。长于五言诗，称为"五言长城"，有《刘随州集》。

虞关道中

白水远来天际，青峰近插云中。
一曲山歌樵子，半蓑烟雨渔翁。

杜甫（712—770）　字子美，河南巩县人，曾任左拾遗、华州司功参军。唐代最伟大的现实主义诗人，与李白并称"大李杜"，人称"诗圣"。

秦州杂诗二十首（选四首）

一

秦州城北寺，传是隗嚣宫。
苔藓山门古，丹青野殿空。
月明垂叶露，云逐度溪风。
清渭无情极，愁时独向东。

二

莽莽万重山，孤城山谷间。
无风云出塞，不夜月临关。
属国归何晚，楼兰斩未还。
烟尘一长望，衰飒正摧颜。

三

山头南郭寺，水号北流泉。
老树空庭得，清渠一邑传。
秋花危石底，晚景卧钟边。
俯仰悲身世，溪风为飒然。

四

传道东柯谷，深藏数十家。
对门藤盖瓦，映竹水穿沙。
瘦地翻宜粟，阳坡可种瓜。
船人近相报，但恐失桃花。

山　寺

野寺残僧少，山园细路高。
麝香眠石竹，鹦鹉啄金桃。

乱水通人过，悬崖置屋牢。
上方重阁晚，百里见纤毫。

赤谷西崦人家

跻险不自安，出郊已清目。
溪回日气暖，径转山田熟。
鸟雀依茅茨，藩篱带松菊。
如行武陵暮，欲问桃源宿。

铁堂峡

山风吹游子，缥缈乘险绝。
硖形藏堂隍，壁色立积铁。
径摩穹苍蟠，石与厚地裂。
修纤无垠竹，嵌空太始雪。
威迟哀壑底，徒旅惨不悦。
水寒长冰横，我马骨正折。
生涯抵弧矢，盗贼殊未灭。
飘蓬逾三年，回首肝肠热。

岑参（715—770） 江陵（今湖北省江陵县）人，一作南阳（今属河南）人，唐代著名边塞派诗人，唐玄宗三年（744）进士。官至右补阙，后出任虢州长史、嘉州长史，罢官后客死成都旅舍。有《岑嘉州集》。

陇水诗

陇水何年有，潺湲逼路傍。
东西流不涸，曾断几人肠？

见渭水思秦川

渭水东流去，何时到雍州。
凭添两行泪，寄向故园流。

赴北庭度陇思家

西向轮台万里余，也知乡信日应疏。
陇头鹦鹉能言语，为报家人数寄书。

元结（719—772） 字次山。唐河南（今河南省洛阳市）人。唐天宝进士，任道州刺史。唐著名文学家，诗多反映民众疾苦。有《唐元次山文集》。

太昊庙乐歌

吾人居兮水深深，网罟设兮水不深。
吾人居兮山幽幽，网罟设兮山不幽。

武元衡（758—815） 字伯苍，缑氏（今河南省偃师县）人，曾任宰相，其诗琢句精妙，藻思绮丽。

夜宿嘉陵江

悠悠风旆绕山川，山驿空濛雨作烟。
路半嘉陵头已白，蜀门西上更青天。

权德舆(759—818) 字载之,天水略阳(今甘肃省秦安县东北)人。以文章进身,由谏官累升至礼部尚书同平章事,参与朝政。有《权文公集》。

渭 水

吕叟年八十,皤然持钓钩。
意在静天下,岂唯食营丘。
师臣有家法,小白犹尊周。
日暮驻征策,爱兹清渭流。

独 酌

独酌复独酌,满盏流霞色。
身外皆虚名,酒中有全德。
风清与月朗,对此情可极。

相思曲

少小别潘郎,娇羞倚画堂。
有时裁尺素,无事约残黄。
鹊语临妆镜,花飞落绣床。
相思不解说,明月照空房。

岭上逢久别者又别

十年曾一别,征路此相逢。
马首向何处?夕阳千万峰。

玉台体十二首(之十一)

昨夜裙带解,今朝蟢子飞。
铅华不可弃,莫是藁砧归。

薛逢(生卒年不详) 字陶臣,蒲州河东(今山西省永济县)人,唐武宗会昌元年(841)进士。先后任万年尉、侍御史等职。《全唐诗》存诗一卷。

嘉陵江

借问嘉陵江水湄,百川东去尔安之。
但教清浅源流在,天路朝宗会有期。

题黄花驿

孤戍迢迢蜀路长,鸟鸣山馆客思乡。
更看绝顶烟霞外,数树岩花照夕阳。

雍陶（生卒年不详） 字国钧，夔州云安（今四川省云阳县）人，寓居成都。与贾岛友善，辞官归隐庐山，其诗清丽婉转，时人颇重。

宿嘉陵馆楼

离思茫茫正值秋，每因风景却生愁。
今宵难作刀州梦，月色江声共一楼。

许棠（生卒年均不详） 字文化，宣州泾县（今安徽省泾县）人。唐懿宗咸通十二年（871）进士，曾任泾县尉及江宁丞。

题秦州城

圣泽滋遐徼，河堤四向通。
大荒收虏帐，遗土复秦风。
乱烧迷归路，遥山似梦中。
此时怀感切，极目思无穷。

王仁裕（880—956） 字德辇，秦州长道县（今礼县石桥乡）人。五代时期文学家，曾在前蜀、后唐、后晋、后汉、后周为官，官及翰林学士、户部尚书、兵部尚书、太子少保等。年轻时曾任秦州节度判官。

登麦积山

蹑尽悬崖万仞梯，等闲身与白云齐。
檐前下视群山小，堂上平分落日低。
绝顶路危人少到，古岩松健鹤频栖。
天边为要留名姓，拂石殷勤手自题。

宋朝

赵抃（1008—1084） 字阅道，北宋衢州西安（今浙江省衢县）人。有"铁面御史"之称，著有《赵清献公文集》。

青泥岭

老杜休嗟蜀道难，我闻天险不同山。
青泥岭上青云路，二十年来七往还。

栗　亭

（自注唐杜甫题栗亭十韵今不复见）

杜甫栗亭诗，诗人多在口。
悠悠二甲子，题记今何有？

蒋之奇(1031—1104) 字颖叔,北宋常州宜兴(今属江苏)人。嘉祐二年(1057)进士。曾任太常博士、监察御史、殿中御史等。

天水湖

灵源符国姓,丽泽应州名。
地脉薰来润,云根出处清。

刘景文(1033—1092年) 名季孙,字景文,祥符(今河南省开封市)人。宋哲宗元祐中以左藏库副使为两浙兵马都监,因苏轼荐知隰州。仕至文思副使。六十而卒。性好异书古文石刻。

登真洞

鹫鹫山前古洞深,苍崖老木共阴森。
游人看取溪中水,只此无尘是道心。

黄庭坚（1045—1105） 字鲁直，洪州分宁（今江西省修水县）人。北宋英宗治平四年（1067）进士。北宋诗人、词人、书法家，为盛极一时的江西诗派开山之祖。

回文锦

千诗织就回文锦，如此阳台暮雨何？
亦自英灵苏蕙子，只无悔过窦连波。

王十朋（1112—1171） 字龟龄，温州乐清（今属浙江）人。1157年进士第一，累官至太子詹事、龙图阁学士。南宋学者，有《梅溪集》三十二卷。

李广诗

李广才名一代奇，孝文犹自未深知。
辍餐长叹无良将，翻惜将军不遇时。

陆游（1125—1210） 字务观，越州山阴（今浙江省绍兴市）人。南宋著名爱国诗人，官至宝章阁待制。创作诗歌很多，今存九千多首，著有《剑南诗稿》《渭南文集》《南唐书》《老学庵笔记》等。

陇头水

陇头十月天雨霜，壮士夜挽绿沉枪。
卧闻陇水思故乡，三更起坐泪成行。
我语壮士勉自强，男儿堕地志四方。
裹尸马革固其常，岂若妇女不下堂。
生逢和亲最可伤，岁辇金絮输胡羌。
夜视太白收光芒，报国欲死无战场！

雪夜感旧

江月亭前桦烛香，龙门阁上驮声长。
乱山古驿经三折，小市孤城宿两当。
晚岁犹思事鞍马，当时那信老耕桑？
绿沉金锁俱尘委，雪洒寒灯泪数行。

朱熹（1130—1200） 字元晦，徽州婺源（今属江西）人。绍兴十八年（1148）进士，历仕高宗、孝宗、光宗、宁宗四朝，中国南宋思想家。是孔子、孟子以来最杰出的弘扬儒学的大师，世称"朱子"。

伏羲先天图诗

吾闻庖羲氏，爰初辟乾坤。
乾行配天德，坤布协地文。
仰观玄浑周，一息万里奔。
俯察方仪静，隤然千古存。
悟彼立象意，契此入德门。
勤行当不息，敬守思弥敦。

李师中（生卒年不详） 字诚之，宋楚丘（今河南省滑县）人。熙宁、绍圣时期与游师雄、滕元发等人御西夏，有殊功。熙宁初，知秦州。

麦积山

路入青松翠霭间，斜阳倒影下溪湾。
此中猿鹤休相笑，谢傅东归自有山。

游师雄(生卒年不详) 字景叔,宋京兆武功(今陕西省武功县)人。累官至陕西转运使,历知熙州、秦州。

马跑泉

清甘一派古祠边,昨日亲烹小凤团。
却恨竟陵无品目,烦君精鉴为尝看。

元朝

梁志通 元代长春真人丘处机的弟子。

大道蘧庐

大道蘧庐乐自游,风光仿佛像瀛洲。
庵前草木春常在,槛外云山不夜秋。
鬼辟馗罡三尺剑,神藏天地一芦舟。
由来抛却红尘事,勘破浮生只点头。

明朝

王祎（1322—1373） 字子充，浙江义乌人。曾任江南儒学提举、翰林待制等。曾参修明史。死于节，谥忠文。

秦州道中书所见简袁郡丞

入得秦州境，川原生意多。
春田无旷土，雪水有深波。
鹘鸼兼鹦鹉，骡纲带牦驼。
州侯有佳政，五裤竞闻歌。

秦　州

水积从天降，山连与蜀通。
遗碑李广宅，废寺隗嚣宫。
度陇迟回际，游秦感慨中。
长怜少陵老，曾此叹途穷。

唐臣（1325—1381） 字元凯，龙溪（今福建省漳州市）人。元至正八年（1348）进士，曾供职元、明两朝，任过漳州路知事、吏部主事等。

过伏羌

公署遥瞻渭水漪，天门山耸两峰奇。
颓阶雨滑新苔色，老瓦风欹碧树枝。
短短稻苗才出水，稀稀柳絮尚沾衣。
巩昌寄寓徵江客，谁遣灯前拨闷厄。

薛瑄 河津人，礼部右侍郎兼文渊阁大学士。

汉江源

巨峡自天辟，峨峨嶓冢尊。
回环幽谷底，清浅汉江源。
泉古通元气，根深彻后坤。
朝宗东去意，应不废晨昏。

杨溥（1372—1446） 字弘济，荆州府石首（今湖北省石首县）人。明朝内阁首辅、礼部尚书兼武英殿大学士，与杨荣、杨士奇共称三杨，是仁宣之治的缔造者之一。

谒太昊宫

一自乾坤辟混茫，历年四万总荒唐。
不缘八卦开神钥，谁为三才泄秘藏。
我有牲渔归祭养，人于书契寄纲常。
极知功德齐穹昊，古庙何孤一瓣香。

杨一清（1454—1530） 字应宁，明镇江丹徒（今江苏省丹徒县）人。成化八年（1472）进士，历成化、弘治、正德、嘉靖四朝，累官至吏部尚书、总兵陕西诸地军务，有《石淙类稿》。

仙人关

树外苍云云外山，数间茅屋又无椽。
旁人指点云深处，此是仙人不老关。

傅鼐（生卒年月不详） 明成化十九年（1483）进士，曾任秦州知州。

天水盈池

郡水池中澈底清，宛然如画本天成。
蛟龙变化资胜达，黍谷丰登藉发荣。
春夏岂随行潦旅，秋冬不减镜波平。
大明景运春如海，鱼藻凫鹭入颂声。

麦积烟雨

挺秀危峰不可跻，岩峣上与白云齐。
西瞻似觉昆仑小，东顾犹嫌华岳低。
千里堆蓝烟漠漠，几村横翠雨霏霏。
良工水墨难描画，多少人家路欲迷。

东柯草堂

结草为堂三两重，几经春夏几秋冬。
檐前翠竹堪栖凤，池内金鳞任化龙。

野鹤孤松居最乐,山光水色兴偏浓。
唐朝英杰如公少,千载今人仰下风。

石门夜月

石门两柱若琅玕,明月当霄夜未阑。
露冷银盘光灿灿,天空玉兔影团团。
泛槎有客来山迳,把酒无人问广寒。
遥知少年攀桂处,一枝高折出云端。

伏羲卦台

天下名山第一台,乘闲眺望好怀开。
蜂腰鹤膝由天造,人首蛇身世间来。
不有龙图奇偶迹,焉知凤阙帝王材。
自从太昊登龙后,长有文光烛上台。

张潜(1472—1526) 字用昭,号东谷。河南太康人,后迁居秦安陇城郭阁堂(今陇城乡张堡村)。弘治六年(1493)进士。曾任户部主事、礼部郎中,累迁至山东布政司右参政。著有《杜工部年谱》《杜少陵集注》等。

游玉泉观

郁郁涧底松,阴阴溪上竹。
鸟韵和空山,峰峦翠可掬。
尘氛日纠缠,意会乃幽独。
洞古日月长,窗空斗牛宿。
吾生其蹉跎,拟访成都卜。
但恐真仙人,空飞迹难复。
沧海成桑田,世途嗟反覆。
何以舒吾怀,中山酒初熟。

天水盈池

潺湲池上水,一派自灵源。
疑是蛇龙窟,应含雨露恩。
波涛趋翰海,润泽被黎元。
终使调元化,功成付不言。

伏羲卦台

高台龙云远，遗迹只荒林。
俯仰观天地，徘徊慨古今。
机缄两画露，橐籥几人寻。
后圣如还作，相传万代心。

渭水秋声

泽国蒹葭野，寒流不住声。
冷冷秋欲晚，汩汩夜还明。
鼓浪方朝海，回波故绕城。
应怜千里志，不逐世人情。

石门夜月

石柱千年峙，银蟾彻夜明。
云驰星彩淡，飙定露华清。
自是盘升出，谁云宝合成？
更期遇弦上，携酒看云生。

赤峪丹灶

丹成何所见,飞入太清家。
灶冷空陈迹,仙游岂浪夸。
云岩悬桂树,涧水泛桃花。
茅屋山窗下,应烹隐士茶。

玉泉仙洞

胜迹无人赏,能游亦是仙。
松林遍古洞,石濑泻鸣泉。
碧嶂临窗外,虹桥跨槛前。
清樽听鸟语,心赏正悠然。

李梦阳（1473—1530） 字天赐，又字献吉，自号空同子，明庆阳（今甘肃省庆阳市）人，后徙居河南扶沟。弘治六年（1493）进士，任户部郎中。刘瑾被诛杀后，起任江西提学副使。明代文学复古运动的主要代表人物。著有《空同集》。

李 广

李广昔未遇，射猎谁见称？
君王犹未识，他人宁不轻。
日从田间饮，夜止灞上亭。
醉尉前呼呵，小吏亦见凌。
一朝剖郡符，飞盖赴北平。
凭轼览百邑，树羽宁千城。
亭障不设燧，枥马跃顿缨。
弯弓射虎归，淡淡黄云生。
自从结发战，金镝无虚鸣。
威慑五单于，胡人寤寐惊。
孰知身运乖，数奇竟无成。
壮颜逐年衰，白发忽见婴。
寄言雄图者，俟命莫吞声。

张鹏 字鸣南,明山西沁川人,嘉靖五年(1526)进士,曾任陕西监察御史。

成纪秋雨

芙蓉拂露流红脸,杨柳含烟湿翠眉。
滴尽空阶云未晓,嘉陵已道钓船移。

雨入空阶响,声随子夜长。
翠飘青黛湿,红落绛衣香。
鹦鹉惊山梦,鸳鸯倚水妆。
那能不相识,点点到藤床。

太昊庙乐曲

右迎神

山矗矗兮水悠悠,风瑟瑟兮云翛翛。
殿闃旷兮鸟声柔,天元冥兮树色幽。
谐鼓吹兮陈肴羞,纷拜舞兮恭献酬。
神之来兮灵色周,驾玉龙兮乘苍虬。
銮锵锵兮旆皓皓,宛在清虚烟上头。

右送神

　　日欲暝兮月将晖，雾霭霭兮烟霏霏。
　　湛桂醑兮天熹微，陈琼筵兮神依稀。
　　钟鼓间兮琴瑟希，凤吹导兮鸾舆归。
　　神犹眷兮旆欲挥，鸣苍佩兮垂丹戾。
　　来何从兮去何适，松柏穆穆兮鸟雀飞。

白世卿　郡人，户部。

九日登玉泉观

　　参差台殿倚丹丘，载酒相呼到上头。
　　水绕青山秦地晓，烟开绿树隗宫秋。
　　怀贤不尽骑鲸客，吊古空余跨鹤流。
　　诗罢归来成一醉，近城更漏转高楼。

冯惟讷（1513—1572） 字汝言，明临朐（今山东省临朐县）人。明嘉靖十七年（1538）进士。历任知县、知州、户部兵部郎中、陕西布政使等职。著有《光禄集》。

无 题

晓发麦积，越岭寻崇果寺旧址，傍有杜公废祠，四山回合，风气致佳，命僧添田，复之赋此纪事。

一

故苑余灵气，寒风蔓草深。
盘龙标四嵝，啸虎护双林。
映日开微霰，披榛越细岑。
今朝草堂地，还与赞公寻。

二

扪萝出东谷，杖策度西枝。
幽讨自今日，贴危异昔时。
风云传秀句，丘壑缅遗姿。
陶谢非余及，空嗟后尔期。

春初玉泉观饯别史子荐甫

地拥秦亭北，天临渭水南。
楼台千嶂起，云树万家涵。
尘劫何年尽，仙宫此日探。
春光正可惜，愿一驻征骖。

太昊别宫饯孟卫原转浙江观察使即席赋一首

绀宇临芳甸，华筵入夜开。
朝坤元此辟，簪祖共君来。
惠泽三齐并，旌旍百越催。
未能酬远别，明日更登台。

游麦积山

一

疏山开净土，镂玉写金仙。
翠蔼连三积，空香隐四禅。
莲宫长曜日，桂栋欲浮天。
不入尘灰劫，灵光独矞然。

二

鹫岭横西极，祇园复在兹。
孤标拔地起，万象入云危。
月殿金芝秀，霜林锦树披。
经过未辞数，猿鹤久相期。

三

千载庾开府，传闻此勒铭。
金函沦宝气，玉字秘图经。
日月回三殿，云霞卫百灵。
空嗟浮世改，搔首别山庭。

胡缵宗（1480—1560） 字世甫，秦安县兴国镇人。明正德三年（1508）进士，曾任通议大夫都察院右副都御史，历任山东巡抚、河南巡抚。著有《鸟鼠山人集》等。

出　塞

带剑侍吾皇，弹冠入建章。
酒泉奏烽火，简命下河湟。
策马塞门高，扬鞭塞门远。
薄伐破居延，穷追收大宛。

入　塞

拥骑捣祁连，叩马勒燕然。
六军齐奏凯，野中分割鲜。
今日汉宫花，昨夕胡地雪。
赐酒洒征袍，回看战时血。

入东川

鸠杖入东川，鸾迎小有天。
梧桐三径月，杨柳一溪烟。
呼鹤崆峒外，餐霞鸟鼠边。
奚囊收五色，初咏白云篇。

伏羲台

秦山秦水拱羲台，一曲圜垣九域开。
西北天倾座凌斗，冬春阳至管冲台。
寰中八卦乾坤辟，画中六爻奇偶裁。
便有文武辞复系，雍州易在昆仑隈。

天水湖颂

泠泠天水,源远流长。
玉壶其色,冰鉴其光。
有莲百亩,馥郁水乡。
花发如锦,叶垒如裳。
绿云荡漾,碧雾回翔。
莲乎其华,我侯洸洋。

与孟宪金、白民部游玉泉观

骖鸾犹记少年游,谷转溪回水竹稠。
飞隼张纲初弭节,骑龙李白复经邱。
桥连瑶汉云边起,殿涌玉泉天上流。
即席月华圆更洁,扫霞滴露醉中秋。

杨继盛（1516—1555） 字仲芳，直隶容城（今河北省容城县）人。明代著名谏臣。嘉靖二十六年（1547）进士，曾任兵部员外郎、狄道（今甘肃临洮）典史等职。

华盖题壁

望驰三塞外，身在半天中。
回首长安近，如何云雾朦？

甘茹 字征甫，四川富顺人。明嘉靖丁未年（1547）进士，曾任山东按察副使。

重游麦积山

宝塔千松绕，云龛万幕悬。
丹梯斜有径，青壁峭通天。
混沌神能凿，飞翔鸟尚缘。
振衣惊蜡屐，下界等浮烟。
地因庾碣重，寺以杜诗雄。
鸟语防僧定，红光映山红。
浮生色相外，胜览醉歌中。
怀中情无赖，黄蒿没隗宫。
重阁浮高栋，危栏隐曲扉。

步生云片片，身共鹤飞飞。
莲宇开丹嶂，经堂俯翠微。
百年轻履险，万事解万机。

宋贤（生卒年月不详） 明直隶华亭（今上海松江）人。嘉靖二十三年（1544）进士，曾任甘肃巡按御史，

过画卦台

淆函胜慨自天开，中有羲皇画卦台。
龙石一拳神幻化，人文千古此胚胎。
河图奇偶形犹在，渭水萦纡泽未催。
日暮乘骢过祠下，西风衰草野猿哀。

伍福 字天锡，明正统举人，明著名作家，临州（今江西抚州）人。历陕西按察使，提督学政。诗文典雅，有《南山居士集》等。

过铁山

晓发河池郡，日薄风色寒。
霜干马蹄疾，步步跻层峦。

崎岖绕阁谷，鸟道多折盘。
危桥架悬崖，深沟泻飞湍。
登眺六十里，巉险千万盘。
行行至绝顶，积雪骇奇观。
铁山古所称，壁立出云端。
仰接霄汉近，俯视舆图宽。
屏障扼剑阁，形胜壮秦关。
众山在其下，势绝邈可攀。
伊昔宋良将，义烈何桓桓。
衄贼曾借此，旧垒榛莽间。
善战贵得地，孰谓兵法难。
经过感遗迹，抚膺每长叹。
挥毫挹灵秀，题诗刻羼颜。

陈讲（生卒年不详） 字子学，明遂宁（今四川省遂宁市）人。正德十六年（1521）进士，曾任副都御史。著有《中川》《如鸟》二集。

登卦台

落日登平台，周道循荆棘。
抠衣入元宫，百拜心翼翼。
不见卦爻文，但见莓苔色。

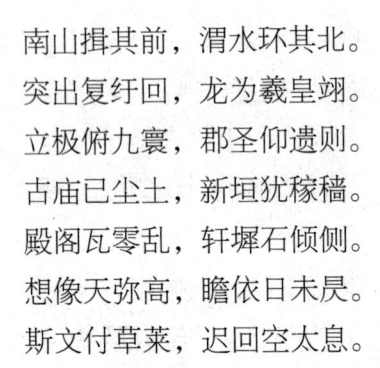

南山揖其前,渭水环其北。
突出复纡回,龙为羲皇翊。
立极俯九寰,郡圣仰遗则。
古庙已尘土,新垣犹稼穑。
殿阁瓦零乱,轩墀石倾侧。
想像天弥高,瞻依日未昃。
斯文付草莱,迟回空太息。

王教(1539—1603) 字子修,号秋澄,山东淄川人。明隆庆五年(1571)进士,授户部主事。万历间为吏部文选郎中,佐尚书陆光祖澄清吏治。有《铨部王先生集》。

祁山堡

汉壁空山里,茫茫倚夕曛。
文章回草木,剑戟厉风云。
炎祚终难复,斯人亦已勤。
出师留二表,涕泣至今闻。

邓山 信息不详。

清水道中

野树吐华明远岫，石渠分水入平畴。
客愁欲寄青山里，故国鹃声不肯休。

杨恩 字用卿，号凤池，巩昌府陇西（今甘肃省陇西县）人。明万历二十三年（1595）进士，授户部主事。因有足疾归里，著有《巩昌府志》《渭滨》《草堂》《元亭》和《农谈乐府》等。

采凫茈（拾菜歌）

朝携一筐出，暮携一筐归。
十指欲流血，且济眼前饥。
官仓岂无粟，粒粒藏珠玑。
一粒不出仓，仓中群鼠肥。

清朝

王熙（1628—1703） 字子雍，顺天宛平人，清初大臣。顺治四年（1647）进士，曾任弘文院学士。

送业师宋荔裳先生兵备秦州

轩辕丘外月苍苍，天水湖边芳草香。
此地关河连陇蜀，谁言风俗杂氐羌。
山禽能语多鹦鹉，塞马如云半骈骊。
况复菁莪开雅化，从今西极有文章。

曹尔堪（生卒年不详） 字子顾，清浙江嘉善（今浙江省嘉善县）人。顺治九年（1652）进士，任侍讲学士。后以事罢归。著有《南溪词》。

送宋荔棠少参之秦州

腊雪街亭满，何时到巩昌？
关山樽底月，斧钺帐前霜。

阁暖调鹦鹉，花浓隐麝香。
出门怜旧伴，白首尚为郎。

王了望（1605—1686） 字胜用，亦字菏泽，原名家柱，后更名了望。清巩昌（今甘肃省陇西县）人。性高洁古怪，嗜酒工诗，曾坐过大狱，就读国子监，得文林郎衔，曾任福建泉州府同安县令。游历三陇，清初著名书法家，长于行草，在天水不少景点寺庙都留有其题写的匾额等墨宝。

登南郭寺

一

出门有兴便贪山，老柏青苍护酒颜。
已是双株看不足，翩翩鹤影又飞还。

二

消沉人代几何传，欲问佛天谁后先？
曾记少陵称尔老，至今沥落又千年。

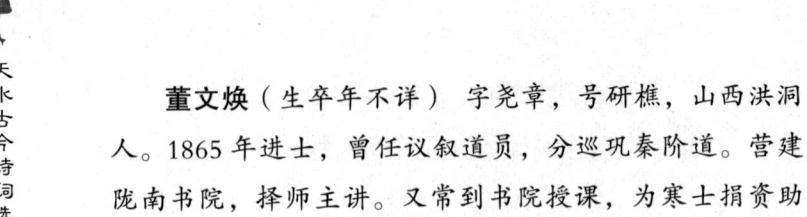

董文焕（生卒年不详） 字尧章，号研樵，山西洪洞人。1865年进士，曾任议叙道员，分巡巩秦阶道。营建陇南书院，择师主讲。又常到书院授课，为寒士捐资助学，同时免除了五百名鳏寡孤独的徭役，受到乡民称誉。

陇南书院落成示同舍诸生

郡县设书院，礼教黉宫辅。
矧当兵戈余，尤赖文治抚。
文昌创赤水，固多历年所。
英才广乐育，师道严钟鼓。
迄乎同治初，军书纷旁午。
列郡继不守，烽火肆猰貐。
遂令养士区，千间荡一炬。
青衿剧奔波，奚暇窥书圃。
吁嗟儒服坠，阅年十有五。
沦丧斯文叹，沉没志士苦。
肄业投无门，未知地谁主？
不有首唱人，畴兹废典举。
伊予奉简命，分巡莅兹土。
寒士失广庇，涓埃思小补。
相地秦西仓，庀工兴百堵。
讲舍周涂墍，学齐思栋宇。
中可容百人，互以东西序。

覆檐颇深邃，井灶粲可数。
有竹左右之，绿阴冔庭户。
于焉列生徒，何止除风雨。
院长邦之彦，旧交深肺腑。
文行符舆论，中流堪砥柱。
不远千里来，多士亦鼓舞。
予曰士得师，大匠示规矩。
若金受陶镕，若木从绳斧。
治经与治事，二者实兼取。
文艺后器识，畜畬惟训诂。
涉猎无根原，潢潦涸立睹。
贤愚岂殊辙，在不通今古。
青云满目前，后尘望接武。
旧观增轮奂，盛业绍邹鲁。
诗以贻同舍，勉哉力共努。

秋雨叹

入秋淫雨补夏晴，日夜滂沱同一声。
蛟鼍平地江河横，床床屋漏愁欹倾。
徘徊且向檐楹行，乌乎吾庐尚如此，
何况环堵间阎子。

连旬苦雾八表塞,白日阴欺不能色。
陇城秦岭难分明,去马来牛断消息。
酒泉战士方挥戈,似此渗淋奈汝何,
安得洗甲挽银河。
堤决东郭愁惊湍,念时仰天涕汍澜。
鸿雁哀鸣安宅少,鹰隼侧翅高飞难。
君不见,秋稼如云待登囷,百草犹腐况禾黍,
何时泥潦干后土。

宋琬(1614—1674) 字玉叔,号荔裳,清山东莱阳人。顺治进士,曾任浙江、四川按察使。任秦州后备佥事时,多有政声,曾集少陵诗和右军字为一碑,史称二妙轩碑,近复刻立于寺内。著有《安雅堂全集》。

雨后湖亭

放徜无一事,岸帻出孤城。
柳重低烟色,荷枯碎雨声。
凉云依岫断,秋水照衣明。
欲采芙蓉去,高楼暮笛横。

过马跑泉

罄折秦亭路,停车有胜游。
出逢秋雨霁,坐爱石泉流。
髡柳迷深岸,荒蒲接远畴。
吾将劝疏凿,乘月鼓渔舟。

杜子美草堂

一

最爱溪山好,因成秉烛游。
碧潭春响乱,红树晚香浮。
橡栗遗歌在,苹蘩过客修。
先生如可起,为我听吴讴。

二

少陵栖隐处,古屋锁莓苔。
峭壁星辰上,惊涛风雨来。
人从三峡去,地入七歌哀。
欲作招魂赋,临流首重回。

王际有（生卒年月不详）字书年，江苏丹徒人。清顺治四年（1647）进士，曾任泾阳县令、秦州州判等。

伏羲卦台

荒草苍烟古卦台，精灵犹护断文苔。
沧波日逝石长在，空洞云生龙欲来。
一画堪令山鬼泣，先天何待竹书裁。
后人衍系无穷义，丰镐龟蒙此地开。

仙人崖

谁开石室绮云霞，过眼鸿蒙一望赊。
幽洞风来溪水咽，空山鸟语夕阳斜。
临崖翠柏万千树，傍寺居人三五家。
丹灶至今无觅处，漫劳渔父问桃花。

巩建丰（1673—1748） 字文在，清甘谷人。康熙癸巳进士。累官至翰林院侍讲。充云南提学道，迁侍读学士。致仕归，从学者数百人。著《伏羌志》十二卷。

大像山双明洞

天开石洞异，新构焕丹楹。
危磴板岩上，鞠躬穿窟行。
疏窗通窈窕，古像萃灵英。
秀起云烟渺，光临日月明。
尘氛飞不到，梵韵听来清。
结侣盘桓久，超然物外情。

观　稼

炎宫火伞照方中，汗雨挥来浃背红。
一任成珠流及髁，何曾摇扇受轻风？

不　寐

市粮腾贵价难均，眼见饥民颠沛身。
一岁叠荒糠作面，十家九空灶生尘。

鸠形鹄面犹为鬼，背井离乡欲丐人。
闻道开仓施户口，怎能涸鲋想涎津。

登台望南山寺

独立高台望，南山忆旧游。
浮屠经几劫，老树挺千秋。
寺是鄂公建，诗固工部留。
尚尔一泉水，清冽味殊优。

胡钑（1708—1770） 字鼎臣，号静庵，清秦安县人。雍正十二年（1734）拔贡，曾主讲秦安书院和秦州书院，任高台县教谕、署理肃州（今张掖）学正。与狄道（今临洮）吴镇、潼关杨鸾并称"关陇三诗杰"。有诗四千多首，卒后诸友选刻四卷为《静庵诗文集》。

村　夜

日落四山幽，宵分坐小楼。
月华随水泛，天汉近窗流。
却扇全消暑，披襟欲待秋。
不缘苔岸滑，方恣杖藜游。

李广墓

大名犹表墓，识是李将军。
狐首秦亭上，雄心汉塞云。
封侯多骨相，飞将自功勋。
石马斑苔藓，摩挲野日曛。

纪信祠

寥寥三代下，忠孝首将军。
入火心争赤，飞尘骨许焚。
古祠人过少，急雨夜深闻。
想象东风外，英灵洗楚氛。

王宽（生卒年月不详）字西园，镇江金匮（今江苏省无锡市）人。乾隆时进士，曾任秦州知州。

咏"二妙轩"

淳化摹天宝，风流宋荔裳。
诗遗百六字，碑获十三行。

藤瓦东柯杜,鹅笼东晋王。
千秋称二妙,零落赞公房。

牛树梅(1791—1875) 字雪樵,又玉堂,号省斋,甘肃通渭人。1841年中进士。1862年擢四川按察使。有《省斋全集》十三卷行世。

过关山

一

一路青云接,苍茫碧翠横。
山花皆有态,野鸟半无名。
烟岫晴偏耸,溪流激更清。
陇秦天与界,长此奠承平。

二

立马正峰中,乾坤一望通。
人歌流水曲,我唱大江东。
瑞气迎关紫,朝暾透海红。
登临饶胜概,摩抚看衡嵩。

吴西川（1831—1875） 字蜀江，清秦州北乡卦台（今天水市麦积区渭南镇吴家庄）人。同治三年（1864）进士。曾任翰林院编修。

天水银池（现称瀛池）

古郡名天水，于今问水源。
荒城无剩迹，泉脉有灵根。
风景樱桃月，烟光杨柳村。
爱兹清到底，不受一尘浑。

净土松涛

净土何年寺，松涛泻半空。
直从天上落，不与世间同。
胜概闻云久，幽寻恨未通。
登高望何极，惆怅夕阳红。

麦积烟雨

麦积峰千丈，凭空欲上天。
最宜秋雨后，兼爱暮时烟。

境胜端由险,梯危若未连。
钟声路何处?遥想在层巅。

诸葛军垒

诸葛今何在,空留此垒高。
有才超管乐,无命作萧曹。
败矣街亭战,哀哉陇右劳。
还闻峡作阵,千载斗江涛。

朱超(生卒年不详) 字敬修,江苏荆溪人,以清举人知清水县,有政绩,为民颂。

至滴水崖

四山空翠明,秀色纷可掬。
竹树相玲珑,聊以娱心目。
灵境窈而深,峰峦互重复。
石罅露珠垂,云根水帘续。
西崦一僧行,欲投香界宿。
薄暮倚长松,悬崖看飞瀑。

张伯魁 清嘉庆十三年（1808）前后知徽县，并修《徽县县志》。

凤　山

山灵开鸟道，飏采宿云屯。
丹穴霜林赤，朝阳旭日暾。
星张横味嗉，天目对飞鶱。
空笑山梁雉，虞罗畏触樊。

仙人关

徽州古治洞重门，天险中分势益尊。
永日江声驰铁马，连云树影小花村。
空留平地仙人迹，剩有清风漱石根。
只为叛兵严设备，多挑民壮水西屯。

拒寇雄关

登陴严夕警，鼙鼓隔江听。
军立烟中白，松高空外青。
弓开惊落雁，风急恐烧星。
陈列雄关外，艰难百战经。

董平章 生卒年不详,字虞琴,清福建闽县人。1833年进士,曾任户部云南主事,后又任甘肃环县知县、秦州知州。著有《亦舫随笔》、《秦州焚余草》等。

灾虫行

陇外旧无蝗,即间有亦如吾闽之不害稼也。今秋忽改常度,虽未至赤地蔽天,闻乡农颇苦之。按春秋含孳曰:"蝗起于贪。"又曰:"蝗应苛刻。"《酉阳杂俎》云:"部吏侵渔百姓,则虫食谷。"一隅之灾,应或在是乎?余曾守兹土,惧有苛政之未革也,作诗自警,亦愿以告后之为司牧者。

飞负虫,不食谷,榕峤兰山旧有之。
跳掷扑缘岁仍熟,刘猛神列明禋驱。
却螟蟊,禁害稼,岁时击蜡还吹豳。
咸丰丁巳秋七月,炎暑已徂雨初歇。
村氓忽走报生蝻,接畛连畦纷出没。
喙长竟解残稻粱,欲捕未能嗟力竭。
八十老翁鲜经见,呼天但道天降罚。
我闻此语心骨悲,异常灾眚致者谁?
或占执政贪纳贿,或验从军战死绥。
孽恶生孽食心叶,虐刑重敛尽茅茨。
厥征不一率叶咎,未必独被天西陲。
爰稽叔重说文说,儒先卓见确不移。

犯法取财与乞贷，所言皆吏夫奚疑。
伊余此邦昔曾牧，触目深恐民苦饥。
犬牙缘界不入境，中牟缑氏何人斯？
去官责己又无及，聊鸣吾过告采诗。

仇池山寄秦州父老

秦牧云亡，方州无主，文武绅耆合词恳观察请于大府，檄余承之。自揣衰庸，莫胜艰钜，且奉母入山，初心谓何，讵容舍去耶？报书辞却，兼作长歌。

旌旆无光鼓声死，将星昨夜坠成纪。
愁煞五城十万家，一朝顿失泰山倚。
篙师孰授中流壶，国手难收残局子。
驰书飞檄到仇池，谓余合为苍生起。
顾余驽拙衰病身，力难办贼胡保民。
公帑私藏已虞罄，进剿退守皆患贫。
搏虎纵思学冯妇，画蛇深恐噬舍人。
不然作牧经五春，久矣寄孥依四邻。
撄城兼可卫家室，袖手毋乃伤厥仁。
也知恩谊两全美，几度欲归复中止。
半生名节何足论，万姓安危敢轻视。
况兹微服随板舆，讵忍绝裾缺甘旨。

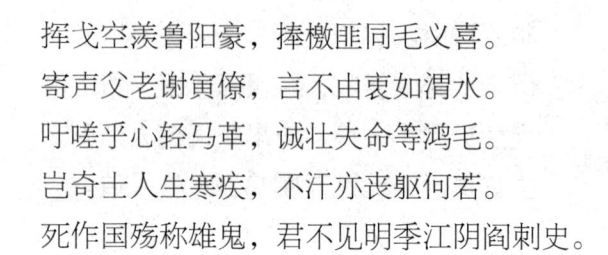

挥戈空羡鲁阳豪，捧檄匪同毛义喜。
寄声父老谢寅僚，言不由衷如渭水。
吁嗟乎心轻马革，诚壮夫命等鸿毛。
岂奇士人生寒疾，不汗亦丧躯何若。
死作国殇称雄鬼，君不见明季江阴阎刺史。

留别秦州门人

行有日矣！任士言、农部张德五孝廉，率门下士廿许人，醵钱置酒饯，余于甌书屋赋此志谢，即以留别。（书屋为张云卿大令别业，时官北直，与其侄德五及慕孺等四茂才皆及门）

骊唱声催客首途，恭逢盛饯启樱厨。
别当远去诗情苦，话到深来酒担粗。
科第无惭人自重，文章有价命难诬。
好将谈艺临觞意，留绘新翻折柳图。

等闲桃李满门中，腹笥边韶自笑空。
难得青矜齐立雪，敢言绛帐比扶风。
名场文战人无北，讲座经神道已东。
除却爱才心一寸，当官何事惬蓬衷。

一从他族启戎心，筹饷筹兵倚艺林。
剑气渐能书气掩，文光苦被甲光侵。
名经顶礼思千佛，志士胸怀惜寸阴。
长愿诸生铭此意，泮池有日静鸮音。

琴鹤装迟十九年，秦川我有凤生缘。
宦情薄似方空谷，归计艰于上水船。
一席赠言勤勉勖，群贤别意尽缠绵。
闽山日盼南飞雁，尺素遥贻落照边。

林之望（1811—1884） 字伯颖，又字远村，安徽省怀远县人。1847年进士，曾任编修、给事中、巩秦阶道、甘肃按察使、布政使等。

留别秦州

天水曾夸士马雄，我来不见隗嚣宫。
闾阎扑地连城壮，烽火惊心列郡同。
久事行枚非恋栈，未安黎庶敢论功。
艰难共济资群力，慨想当年赋小戎。

如毛剧盗起花门，不战休言抚字恩。
选将黔阳忧悍卒，裹尸陇右泣忠魂。
歼渠暂借貔貅旅，走险犹多蝼蚁屯。
差喜东南禾稼熟，忍教蹂躏到秋原。

滇粤群凶势并张，孤军决战出仓皇。
鸣笳月夜边声苦，磨剑霜天冻指僵。
唳鹤万家闻寇警，蹲鸱一窖是军粮。
五旬两度欃枪扫，泪洒吴璘旧战场。

狐鼠凭城记去年，武都山下惨风烟。
人家正饮屠苏酒，将士皆成辟谷仙。
峡口誓师盟白水，峰头挽粟上青天。
客军制胜来秦蜀，斩尽鲸鲵计万全。

成纪川原控上游，地灵人杰炳千秋。
雁门破虏传飞将，麟阁图形忆壮侯。
远志难忘姜伯约，戎韬须仗尹淄州。
同袍父老多豪俊，梓里终烦借箸筹。

王权（1822—1905） 字心如，甘肃巩昌府伏羌县（今甘谷县）人，道光二十四年（1844）中举。曾任陕西延长、兴平、富平等县知县。

作　吏

一作边城吏，真成瓮底居。
上官忘姓氏，僚友断音书。
事废仍飞檄，民亡更索租。
何年归计遂，陇上把耰锄。

初夜抵家

真见柴扉岂梦中，抖衣立马月朦胧。
比邻争怪来何客，古树犹应识此翁。
隔舍朱甍今灌莽，逢人苍鬓昔儿童。
销忧纵有琴书在，难得风光栗里同。

秦州寓所，喜晤任士言农部

癯貌频年梦里看，翩来执手并悲欢。
京华游记重阳雨，仕宦途经十八滩。

下水回舟今见几,焦原立脚古称难。
白须始退真惭晚,何似郎曹早挂冠。
少年簪杏曲江滨,老恋皋比自爱贫。
高木剪枝增劲直,寒山露骨转嶙峋。
药笼谁复收吾辈,椽笔终须到古人。
且抱韦编牢闭户,书堂原与宓羲邻。

壬寅重九日,邑令暨诸文士登大像山赋诗,有以其诗见示者,走笔属和,略抒感怀。

三里楼台五里亭,携朋登览旧曾经。
岩头云涌朝金象,龙背人来入画屏。
红叶满林山亦醉,黄花伴客坐皆馨。
隗王遗址君休问,终古关河向北庭。

翘企京华雁到迟,羽中约略半传疑。
耳闻海国珠盘誓,心痛骚人菡臼辞。
宾从聊欢陶令酒,元戎已偃曲端旗。
迩来万事都翻异,只有河山似昔时。

陇山晓行

云开露峰雪，岚气晓侵霞。
细路经泉蚀，飞流避磴斜。
扪岩半百里，嵌石两三家。
羡尔林边屋，墙跟放菊花。
马蹄千树顶，雪浪拍岩腰。
竹密全藏涧，松欹或碍桥。
世途奇险尽，阴岭劲风饶。
多谢商飙风，扶人到碧霄。

九日玉泉观同人集饮

三年三处佩萸囊，故国仙坛又此觞。
六郡河山回大陇，一年风景毕重阳。
前朝树荫真人宅，隔涧云扶大雅堂。
壁上诗篇堪下酒，压栏况有菊花香。

任其昌（1830—1900） 字士言，甘肃秦州（今天水市秦州区）人。同治四年（1865）进士，授户部主事。后辞归故里，主讲天水、陇南各书院约三十年，人称"陇南文宗"。

马跑泉遇雨

急雨跳珠颗颗匀，高禾穗叶转鲜新。
天公也解游山好，先为行人洗路尘。

长宁驿

到处篱门闭寂寥，霜风刮面正萧萧。
山家哪有重裘拥，斫得生柴带叶烧。

过三阳川

罂子迷离花正开，瓜畦芋圃暂徘徊。
重云乍合雨将至，万木无声风欲来。
村舍烟生新树密，河壖路尽乱峰回。
我行自有归期在，渭水东流永矣哉。

排 闷

嫩柳晴花临水,西风落日登台。
借问挥杯行乐,何如拂剑衔哀。

燕子春来秋去,狙公暮四朝三。
偏是吐丝未尽,谁怜欲死僵蚕。

秦武域 字紫峰,曲沃人。乾隆庚辰举人,官两当县。有《笑竹集》。

山 城

山城五月最悠然,柳涨浓云幕绿天。
佳日春秋一时并,早听莺语暮听蝉。

罗暶 生卒年不详。

香泉寺

多载谈经寺上来,泉边尽日少尘埃。
人于活水源头坐,花在读书声里开。
满架蔷薇攀古树,临池萱草护新苔。
风光引得文心艳,看取群芳入隽才。

近现代卷

孙海（1840—1901） 字吟帆，甘肃省秦安县人。咸丰辛酉年（1861）拔贡，曾任四川遂宁知县。

清水驿题壁

天外一峰起，兰山在眼前。
平原下飞鸟，野水乱春田。
犬吠荒村外，人来夕照边。
东风何太急，吹散满城烟。

秦州怀古

滚滚英雄逝水流，微生何异水中鸥。
乾坤战罢群龙息，壁垒风高万马愁。
大野平分今古界，戍旗半卷夕阳稠。
东柯花鸟石门月，秦陇由来第一州。

丁体常（1841—1909） 字慎五，贵州平远人。附贡，清光绪年间任甘肃按察使、甘肃布政使、广东布政使，又说做过巩秦阶道。

留别市民（选二）

一

七载秦川住，群情爱我真。
岂惟心共凉，而且意相因。
民本唐风古，官惩汉吏循。
欲行还未忍，执策屡逡巡。

二

山水钟灵久，英才起蔚然。
执缠多髦士，授业有名贤。
甲第中朝盛，文章列郡先。
更期宏器识，大用佐尧天。

巨国桂（1849—1915） 字子馥，一字南荣，秦安县人。清光绪元年（1875）举人，历任甘肃甘州府训导、教授，张掖县教谕，新疆迪化府教授，阜康县知县等。

伏羲卦台

不信边荒文字新，开天画一数何人。
间推象数来探始，欲访龙图去问津。
邃古定无台巀嶭，秦山恰有卦敷陈。
三微首纂元功大，仰企阳崖渭水滨。

度陇有感

鸟道羊肠殊险奇，频经此路感难支。
行踪定惹山灵笑，面目羞教蛮女窥。
流水无声石薄激，停云有约树钦迟。
东来西去晴还雨，冷暖情怀只自知。

一　路

一路经行处，高低茅店居。
山童樵把斧，村犬吠肩舆。

雨绿苔痕活，霜红柿叶疏。
目穷天际雁，飞洒数行书。

安维峻（1854—1925） 字晓峰，甘肃省秦安县人。光绪六年（1880）进士，选翰林院庶士，1893年任福建道监察御史。清代著名的谏官，有"陇上铁汉"之誉。

中秋望月有感

去岁中秋月，沙城我独看。
一年空度脱，八口幸团圞。
浊酒酬佳节，新诗赋广寒。
终宵凭怅望，何处是秦关。

辞 阙

多少都人拥马看，回天无力我何安？
风霜亦是生成德，休道龙城行路难。

行秦州山中作山农曲

打罢连枷试簸箕，细沙吹动晓风凄。
堆场稻黍垂垂实，驱起群鸡上树啼。

杨润身（1858—1921） 字雨亭，一字德馨，号槐山，晚号罗汉山人，天水三阳川石佛镇人，曾参加举世闻名的"公车上书"。光绪戊戌年（1898）进士。

玉泉仙洞

多少烟霞侣，幽居断俗缘。
泉流皆是玉，洞古自成仙。
绕座云拖地，张灯月在天。
红尘飞不到，时有鹤盘旋。

麦积烟雨

麦积层崖秀，凌空拥翠微。
数峰烟漠漠，群峭雨霏霏。
黛色浮千点，凉生匝四围。
屏看开水墨，画里一僧归。

任承允（1864—1934） 字文卿，为任其昌长子。光绪二十年（1894）进士，任内阁中书。后辞归故里，主讲陇南书院，人称"小任山长"。

玉 泉

一浤泉水出凹峰，松桧当亭翳万峰。
上接灵宫泣山鬼，中有云气随飞龙。
仙人瀑玉眼曾洗，清意在山尘不容。
时取春茶丹灶煮，长吟每觉道心浓。

大雅堂

老杜诗名惟李配，玉泉南畔古祠存。
凄然天宝两翁泪，独接国风千载魂。
正好题诗盈素壁，何妨弄斧到班门。
年年九日登高处，黄菊初开酒正温。

遣 兴

占院花千树，除床屋一弓。
谁言五洲大，寄此白头翁。

晴剩桃花雨，帘垂柳絮风。
有窗开土室，时启览天空。

自题桐自生斋

碧梧闻引凤，庭砌忽丛生。
未识挺特姿，视如萧艾轻。
锄恶欲务尽，博异留一茎。
一年高过屋，三年拱把盈。
不及二十年，百尺回孤清。
落子密房缀，敷萼香筒荣。
浓荫蔽小院，群卉不峥嵘。
腹围逼檐瓦，潜根遍地行。
柱础失牢固，阶石损其平。
不见朝阴哕，惟闻雀与莺。
枯叶杂粪秽，狼藉浣花英。
客来踏苔径，森耸适然惊。
劝我纵斤斧，谁忍毁其成。
留以名吾斋，拥肿惬微情。
徘徊日其下，狂歌罄酒罂。
阶空疏雨滴，叶落秋风鸣。
地灵非无意，增吾老气横。

谭嗣同（1865—1898） 字复生，号壮飞，湖南省浏阳市人，清末资产阶级改良主义政治家。1898年参与戊戌变法，被慈禧杀害，史称戊戌六君子。著有《谭嗣同全集》。

陇山道中

大壑宵飞雨，征轮晓碾霜。
云痕渡水湿，草色上衣凉。
浅麦远逾碧，新林微带黄。
金城重回首，归路忆他乡。

周应沣（1865—1944） 字伯清，号棣园，甘肃省永登县人，1898年署阶州直隶州学政，选秦安县训导。兰州中山大学教授，著有《棣园文集》。

葫芦河

莫饮葫芦水，此中血泪多。
鸣声昕呜咽，肠断陇头歌。

陇上怀古

戍客长征塞上游,塞门羌笛数声秋。
苍茫一片关山月,呜咽千里陇水流。
饮马自寻城下窟,弯弓直射海西楼。
男儿此去无他愿,但愿归封万户侯。

李克明(1873—1953) 字浚潭,甘肃省武山县人。清光绪癸卯年(1903)举人,曾任山西运城盐史。

庞德墓

(一)

乱世英雄立脚难,当年谁为葬衣冠?
若依涑水先生笔,终古黄初继建安。

(二)

寂寞貊川土一抔,野梅零落水云愁。
行人谈到襄樊事,不管曹刘吊故侯。

隗嚣城

黄鸦作阵暮云平,古聚原头禾黍生。
不见萧王名事业,秋风秋雨隗嚣城。

许承尧(1874—1946) 字际唐,号疑庵,安徽省歙县人。光绪三十年(1904)进士,任翰林院编修。入民国,任甘凉道尹、渭川道尹、甘肃省政府秘书长等职。

李广故里

射虎萧森气,千秋不可呼。
数奇非汝独,猿臂叹今无。
尚有山川在,谁云井里诬。
西陲足人杰,我欲问屠沽。

关子镇岭

千坡挂残雪,一角漏初阳。
邈矣洪荒世,先开耕稼乡。

最怜鼹鼠穴，未解凿羊肠。
莽莽群龙脊，招携入混茫。

慕寿祺（1874—1947） 字子介，号少堂，甘肃省镇原县人。早年跻身政法界，曾任甘肃民政长署秘书长、甘肃通志局副总纂，组建天水县党部。有《求是斋诗话》等。

射虎寺

猿臂善射惊奇技，至今犹数北平李。
战经七十才无双，卫霍勋名应愧死。
寺柏余苍翠，秋阳起白烟。
纵横强虏雄如虎，安得将军起控弦！

宿关山寄秦州各知己

云天各一涯，无语问灯花。
惟有关山月，送人直到家。

题《鸟鼠山人集》

鸟鼠山灵萃，龙蛇笔气雄。
才侔苏玉局，名并李空同。
一代文章霸，三台位望隆。
超超新乐府，余韵在山东。

于右任（1879—1964） 字诱人，陕西省三原县人，祖籍泾阳。早年系同盟会成员，长年在国民政府担任高级官员，同时也是中国近代著名书法家。

清水早发

破晓放耕牛，一一上山去。
乳牛引小牛，争向草深处。

清水道中

马嵬兵已退，陇坂路初经。
鸟唤客心字，田开龟版形。

迟回秦岭峻,隐约蜀山青。
六郡良家子,胡为气不灵。

秦　岭

乘晓驱黄犊,村农意倍闲。
征人太自苦,万里几时还?
月下过秦岭,云中望剑关。
今朝一豁目,微雨洗前山。

清水县麻鞋歌

清水县,县城下;麻油油,被四野。
老农自矜产麻好,并谓麻鞋制作巧。
闻客明日西南行,愿助轻足越蜀道。
吾闻昔时杜陵叟,曾着麻鞋兵间走。
秦州风雨鄜州月,困顿关山频搔首。
世方丧乱我释兵,逾陇犹如丧家狗。
骑驴惧蹉跌,骑马防骄纵。
扶杖偶步行,两足如负重。
久骑腰背酸,久走足心痛。
人生到此方自悟,除却自力全无用。

老翁老翁吾语汝，世有利器在人控。
昔余归秦川，间道经鄜延。
潜行破瓦沟，百里无人烟。
健节守泾渭，战争四五年。
父老苦差徭，大事寸不前。
河北兵强世无两，将军跋扈生他想。
运去难为穷塞主，时来争做降王长。
轻徙泾原复岐凤，马嵬一战难敌众。
西北风云扫地空，新鬼吞声旧鬼恸。
一语未毕泪纷下，鸡鸣催上长征马。
熊罴在后豺狼前，革命之难如斯者。

过秦州

陇南流水向南流，照见征人过陇头。
消却行人无限恨，众花香里过秦州。

魏绍武（1887—1982） 字少武，甘肃省伏羌县（今甘谷县）人。民国时期，曾任安肃道道尹、宁夏建设厅厅长等职，解放后，曾任甘肃省政协常委。

咏秦州起义

鼎沸中原皇祚移，长歌慷慨还乡时。
恨无利剑诛群丑，幸有郡侯插汉旗。
权借一枝酬壮志，光复三陇写新诗。
受知应感刘招讨，豪杰佑禅是吾师。

汪剑平（1890—1951） 名青，字剑平，祖籍归安（今湖州市吴兴区）人。随父入甘，父殁后遂著籍秦州。民国十六年（1927）参加北伐战争。民国三十五年（1946）加入民主同盟。1950年被选为甘肃省政协委员，任甘肃民盟分部主任。诗书俱佳，著有《轮虱室诗》等。

风絮次仲翔

老屋沉沉意飒然，冷摊书肆每随肩。
闲从逆旅听宵柝，每共寻碑损昼眠。
气涌闻鸡才几日，声销卖药遽经年。
行藏俶诡谁人识，风絮飘零堕槛前。

晨 起

残梦薔腾一解颜,蜃楼金碧雾中看。
支颐惘惘成独坐,结念堂堂惜去欢。
舒卷山云还自适,啁啾檐雀总相关。
疏林似说晨光好,故遣长风送薄寒。

春日觞客示尧臣、友时、澄子

沈鳞戢羽阵云前,冉冉晴丝亦可怜。
仅有余欢支薄醉,更持何物慰衰年。
昵人新月低穿户,跂地琼枝半入筵。
百岁萧辰能有几,芳郊莫负绿杨天。

五弟由西和至失喜赋示

经年蠖曲绝艰辛,灯下惊看皱面人。
举室安全吾祖德,百年依倚彼苍仁。
鸡群哪复容争食,虎口居然许脱身。
失喜今霄重晤汝,可能风雨共萧晨。

澄子约同柳樵踏青意忽不快诗以谢之

每愁车马过闲门，拂晓迴肠溪上村。
耻挹群言恣排阊，且持孤绪谢嚣喧。
沉沉断角飘残夜，历历疏星接故园。
准拟芳辰契幽赏，却怜隃浊堕花魂。

韩瑞麟（1893—1965） 字定山，号苏民，甘肃文县人。曾任文县教育局长、兰州大学国文系讲师。解放后，先后在武都中学、通渭中学、甘肃省文史馆任教员、职员等，有《长春楼诗文存》等。

清水道中

踏冰啮雪走天涯，南过岷阳渐近家。
岭树高能承瑗瑈，江流清不受泥沙。
径微莘确穷神骥，眼睹蒸黎苦异蛇。
我批刘琨多感慨，扬鞭不敢问中华。

邓宝珊（1894—1968） 原名邓瑜，祖籍今天水市麦积区邓家庄。著名爱国将领，曾任甘肃省人民政府主席、省长。

幼年出玉门关

一

髫龄失怙走天涯，荆花憔悴惨无家。
马蹄踏遍天山雪，饥肠饱啖玉门沙。

二

玉门西望星斗稀，不是沙飞便雪飞。
戴月披星千里外，凭谁检点寄征衣。

题《杜甫行吟图》

万丈光芒笔有神，少陵一老百酸辛。
幸逢此日非当日，不薄今人厚古人。
东柯南郭记流寓，麻鞋草笠资写真。
林泉绚丽新歌颂，双玉兰开处处春。

罗家伦（1897—1969） 字志希，笔名毅，浙江省绍兴市人，近现代历史学家、哲学家。曾任清华大学校长、中央大学校长等职，1950年1月去台湾。

渡天水关

一树横挡天水关，相传故垒仰攻难。
渭河浪卷英雄去，剩有寒云自往还。

天水追怀杜少陵

少陵感慨满秦州，夔府行吟句益遒。
彩笔若真干气象，诗盟难定主千秋。

谒李广墓

龙城飞将声威壮，何必策勋算封侯。
留得几分遗憾事，千秋同感属将军。

秦安道中

一川斜处树交柯,廿里桃林掠眼过。
我想重来三月暮,秦安城外占春多。

胡宗珩(1899—1973) 字楚白,斋名琴庐,天水人。曾任《陇南日报》总编辑。诗作多被焚毁,今存有《黉门筅奏》《秦州光复见闻杂咏》等。

黉门筅奏(选一)

一堂聚首叹蹉跎,判袂今朝唤奈何?
值此神州多难日,相期共舞鲁阳戈。

秦州光复见闻杂咏(选二)

款款旌旗复西东,华灯到处映霓虹。
鱼龙曼衍街头剧,迓鼓咚咚声势雄。

誓师仗钺寓禁严,赫赫声威具尔瞻。
覆地翻天新事业,不惊匕鬯到闾阎。

张澄子（1900—1985） 名澈，字业新。民国县长，高等律师。

中秋与天水诗社诸友燕集

花好月圆人共健，何期同在故家乡。
华筵高设灯光艳，深院时闻桂子香。
坠地忽惊秋一叶，开轩应醉酒千觞。
吾侪幸及承平乐，莫负年年清兴长。

鹊踏枝

鹊桥搭成莫草草，银河岸边，佳会来须早，诉尽衷情休懊恼，春风转眼秋风到。　画屏生凉新月好，闲年流萤，且漫相轻笑，离合悲欢催人老，此意总教伊知道。

甲子除夕

爆竹声中夜漏迟,白头欣感在清时。
灯前儿女围欢笑,堆蔗春盘介寿眉。

冯国瑞(1901—1963) 字仲翔,甘肃省天水市人。毕业于清华国学研究院,曾任教于西北师范学院和兰州大学。担任过甘肃省人民政府文教委员会委员长、甘肃省文管会主任等。

禹卿丈亦园成索诗却寄

剑气昆仑浩不收,白云娱老此林邱。
小园喜见兰成赋,好月偏怀庾亮楼。
翠翦风斜酣乳燕,荷裳香细浣盟鸥。
露花倒影屯田句,不及秦家有少游。

洛 门

晴暾洛门道,清丽一山川。
香熟千畦稻,凉生百道泉。

古魂招汉将，丰稔望村烟。
都道莲花好，迟来买藕船。

谒宋荔裳先生祠

倚遍栏杆故老知，萧疏衰柳旧荷池。
人民城郭公应见，亭榭壶觞我已迟。
词赋清初表东海，关河塞外俯南施。
风流最是谭公子，低度山云说李词。

石莲谷题照

一

佛告阿难护丛林，六朝麦积付沉吟。
丰干毕竟还饶舌，错惹劳人说到今。

二

石莲妙品语非虚，十丈花开乐老渔。
我与浯溪同作颂，无人深处咏芙蕖。

云雾山幽居杂诗十二首之一

绿蓑湿透饭牛来，一岭经过一径开。
纵横背上群儿唱，只惜老夫无此才。

聂幼莳（1907—1978 年），名从鋐，晚号病隐居士，甘肃天水市秦州区忠义巷人。1949 年前，先后任天水县督学、教育局局长，天水市图书馆馆长。1942 年，任天水诗词组织——雍社社长。1949 年新中国成立后，曾任市政协委员等职。雅好诗文，兼擅楹联、灯谜、书法等。

寄　内

相慰无忧暂别离，犹将豪气自矜持。
如何客邸偏多忆，易地闺房更可知。
敲门声里我初回，细细书声出院来。
此味当时浑不觉，偏从客里尽萦回。
看罢萧森柰影低，重门掩后月沉西。
只应一事今未改，听尽隔墙唤卖鸡。
莫羡趋时花样新，豪华宝贵等轻尘。
要寻真乐消清福，惟向书中问古人。

点检蒲觞待我归,长衫剪就验新肥。
望穿莫怨愆期久,客里养痾事事违。

村居漫赋

占势分厓屋半椽,山居韵事说乔迁。
残虹初霁林间雨,归犊直冲壑底烟。
满筐青薪三日爨,双扉白板一宵眠。
纷纷子姓乞长驻,柿叶书成课幼篇。

暑雨旋晴诸老过谈

此诗作于20世纪40年代初,当时正值抗战期间,北平苏宝图,绍兴陈颂洛等诗人到天水,与天水诗人汪青、冯国瑞、聂幼莳、胡楚白、张澄子、马永惕、朱据之等二十余人酬赠唱和,并成立了雍社,多次聚会,唱咏之作甚多。当时,聂幼莳任社长。

暑雨未矜润物功,浅泥何得日全烘。
拂云树色终沉郁,绕屋渠流恰暗通。
瓜豆品宜斋馔贵,丹青笔到卧游工。
闲来试诵高轩过,意兴才名一例空。

论诗示励青尚尧

诗本心之声，未可拘一格。
性灵实精蕴，随感发其密。
唐贤通三昧，宋人尚真力。
下此各宗主，末流见偏仄。
野芳多卓秀，名葩讵国色。
豪气出江湖，才情遍草泽。
大雅老更成，学养由素积。
吾胸罗众妙，造境显出入。
蝉蜕超埃壒，早谢二乘客。
隽永散原当，萧淡疑庵得。
十年床下拜，分庭敢平揖。
结习堪娱老，聊以适其适。
逢场不谈兵，开关偶延敌。
迦叶拈花笑，曾参唯贯一。
微旨但君质，黾勉共入室。
幼䣊鳞爪什，时年七十有一。

访东城

森森老屋东城根，深院无人昼掩门。
中有一翁铁石骨，寒天无火意蔼温。

喜得天意怜幽草，指日七十听告存。
一从鼓盆落鳏鱼，佳儿负笈违乡闾。
日过屠门不一嚼，归来丛残对烬余。
往日屯田柳员外，清词旖旎人脍炙。
于今僵卧老袁安，那肯凿壁余光借。
杜陵布衾冷如铁，但见广厦心头热。
不须炉香入僧定，自有笙管吹天彻。
城北余子贱筋骸，视息人间死未埋。
万事烟云都了了，不叩九阍望莲胎。
朔风大雪忽相访，有异山阴乘兴来。
入门相对歌呜呜，依然故态两狂奴。
门外无心辟谣诼，床头说梦喝雉卢。
鬼谷任通魑魅气，蒙庄直应马牛呼。
呜呼捣麝作尘香不散，拍手呵呵阅万变。
明日水滨与山椒，寒山拾得诗题遍。

苏荩　信息不详。

东泉书院

大雅谁能继，余怀胡慕东。
此时正秋雨，复社想流风。
疏草千秋在，书香百代宗。
至今祠宇里，题句叶飞红。

武耀南 信息不详。

隗嚣宫

霸气曾闻出陇中,当年北塞起豪雄。
生疑王命输班子,死愧台司处窦融。
聚米为山终负义,丸泥有志竟无功。
丹青野殿悲摇落,畴与将军喝大风。

张尚尧(1912—1995) 男,秦州区忠义巷32号居人。军人出身,解放后在西北军政大学学习。后在原天水市福利厂(编织厂)工作。著有《存朴室诗稿》行世。

戊辰初夏雨晨郊行

薄云细雨润芳郊,雾里青山如画描。
十里川原青不断,半遮半露转添娇。

夏日卧听雷雨

天籁犹如美乐声,沉酣倦梦震雷惊。
家人接雨列盆瓮,卧听叮咚檐溜鸣。

绝 句

戊辰重阳节前喜逢中共十三大启幕,又阅报刊,知海峡两岸探亲禁区将开,喜赋。

登高故俗由来长,今古流传载咏章。
遥念海隅久滞客,定当翘首望家乡。

丙寅谷雨日诗社同人南郊看桃花

一

老去恒嗟乐事稀,喜逢佳日逞芳菲。
今朝此会不虚负,迎得一犁春雨归。

二

环盘席地错杂陈,青鬓耆年共赏春。
总为清时风物好,寻芳不是避秦人。

马永慎（1912—2000） 字堇庵，天水市人，青年时期随军参加抗日战争，1949年参加中国人民解放军，在新疆屯垦戍边，直至离休。中华诗词学会理事，甘肃省诗词学会学术顾问，天水诗社社长，天水市诗词学会副会长。

浣溪沙·和励青寿余七十生辰赋词选一

炮火当年遍冀州，腥风一夜过卢沟。征衣冷暖几春秋。　惯看昆仑千古雪，尘沙磨损旧貂裘。无端白了少年头。

离亭燕·中秋寄怀

皓月嵌空如镜，澹澹星河横亘。风舞萧萧池畔柳，拂动一天凉影。点点散流萤，清露沾衣微冷。卅载流光如梦，空有相思离恨。怅望海天烟阔，千里婵娟遥共。客馆杜鹃啼，正是归帆风劲。

沁园春·乌鲁木齐怀旧

谪戍西来,待罪边域,缅怀昔贤。想虎门铁锁,横飞弹雨,沙角潮水,烈焰冲天。万众欢呼,望狂夷垂首,百瓹罂粟化作烟。山河换,看丝绸海路,旒冕衣冠。　　悠然思绪萦牵。记漫卷红旗过玉关。有壶浆夹道,万家空巷,霓旌闪耀,百族蹁跹。解甲垦荒,投鞭牧马,千里沙丘变绿田。流光驶,四十年旧梦,触动心弦。

鹧鸪天·春日寄怀台湾

一夜东风拂柳丝,陌头乍放杏花枝。沙堤渐涨春溪水,晴翠南山扑上眉。　　海峡梦,两依稀,潮平浪稳盼归期。夕阳偏驻乌衣巷,故垒泥香待燕归。

邓宝珊将军纪念亭落成有感

文韬武略两相侔,主政恤民誉陇头。
渭北高张靖国帜,渝都曲谏阋墙忧。

防边榆塞潜修好,解放京绥巧运筹。
羊祜勋名留梓里,岘山南郭并千秋。

王秉钧(1914—1996) 字明微,甘肃省天水市甘谷县人,兰州大学教授,编著《历代咏陇诗选》,著有《撷芳轩诗稿》。

故园吟

一

久客归来三月天,朱山渭水两依然。
平川百里连村落,塑帐千幢护菜田。
蝶乱莺啼恋玉蕊,马嘶人语乐丰年。
桃飞红雨梨飞雪,吹散春风杨柳烟。

二

重上名山忆旧时,浮雕杰阁两神奇。
丁香三月熏人醉,红叶深秋照眼痴。
佛窟壁残今剩影,禅林垣颓夜啼鸱。
十年土偶也遭劫,游客仍多少故知。

访杜公祠堂

时序三秋木叶黄,飞龙峡浦岚烟长。
千寻凤岭披红日,万丈龙潭透碧光。
旧址残碑埋野草,三株古柏说沧桑。
而今重建新祠庙,工部景行百代芳。

鹧鸪天·西湖

游罢孤山兴未阑,薰风轻软夕阳残。湖堤云树摇空碧,明灭金光水接天。　　沿石级,下重峦,西泠雇得农家船。双鬟飞棹浪翻雪,新月一弯笼暮烟。

数十学友专车谒李广墓不值

驱车拜谒将军墓,陵路泥泞悭一缘。
不世功勋光汉史,轶尘品德愧时贤。
志歼匈逆固边徼,意保家邦解倒悬。
耻对卫徒含愤刎,每披青史一泫然。

朱据之（1914—2000） 甘肃省天水市秦州区人，原名朱守德，号劬园。天水市六中教师，中华诗词学会会员，天水市诗词学会理事，著有《劬园遗稿》。

甲子九日偕诸友登玉泉观

玉泉岩壑秀，城北好山林。
千载传灵境，重阳上碧岑。
琳宫瞻妙塑，空谷喜佳音。
崖柏犹苍翠，仙踪哪可寻。

一剪梅·咏盆梅燕脂红

万点春情灿满枝，初绽红萼，引我深思。天香漫阵沁心脾，应自低眉，怎写逸姿？　玉颊何当可比宜，肤想霞肌，色想凝脂。孤衾谁与共相陪，梦里凄迷，醒又香弥。

乙丑上巳与诗社诸人南郊赏桃花

结伴寻芳去，重来藉水滨。
红霞明老眼，绿柳迓幽人。

村舍茅茨剪，平畴麦荠新。
清明南郭路，恍见武陵春。

秋雨爽人，读蔡公度诗题后

展卷读来兴更清，蕉窗细雨滴檐声。
一身忧乐关天下，半世兴亡寓史评。
读罢琳琅增百感，后凋松柏共坚贞。
青丝难绾春华驻，谁遣诗人万古情。

注：蔡诗有"尊前忧乐关天下"句。

望江东·丙寅上元天水诗社友声乐社欢聚玉泉观赋此

上元词场多才侣，锦篇缀，凌云赋。蹉跎自愧躅芳步。一无就，蹉迟暮。　　山城乐事真无数。八音奏，翻仙谱。嘤鸣喈喈律调否？曲有误，周郎顾。

武克雄（1914—2004） 笔名婴叟，甘肃省天水市甘谷县人。甘肃省诗词学会、天水市诗词学会会员，有书法、医学、历史著作多部。

病中偶成

群童拥我呼爷时，垂老心情似小儿。
活泼且酬糖与果，欲超米寿到期颐。

大像山观大佛石窟碑记有言

北魏石窟盛唐装，太平寰宇记载详。
庾信龛铭曾说冀，肇端嘉佑再商量。

贺天水诗社成立时值建国三十五周年

巍巍华胄万民强，中枢领导集栋梁。
经天事业肝胆照，唯将笔管报春芳。

逸　兴

世事纷纭不忍观，闲情漫寄笔文间。
雄心一片随云散，卧听风声坐对山。

赵槐青（1914—2010）甘肃省天水市秦州区人，中学教师，天水市诗词学会会员。

初夏拂晓

清明时节日方长，龙柏花开满院香。
鸟语声声惊晓梦，朝暾冉冉上东窗。

感　事

心底无私何所虑，前途曲直尚难期。
闲云野鹤且为乐，何必庸人自扰之。

朱仙镇怀古

歌舞西湖已是仙,国仇谁复记心间。
中原代有儿皇帝,剩水残山不问年。

竹 悟

青竹飘黄叶,乘风落眼前。
念它如仪表,给我当书签。
早晚游书海,朝夕赏坂田。
如同解我语,相处共欣然。

胡定一(1914—1988) 甘肃省天水市麦积区新阳镇胡家大庄人。天水师专英语科主任,天水市诗词学会会员。

报载中英香港问题已达成协议喜而赋此

一

魏绛和戎遗祸胎,虎门以外失风雷。
金瓯不铸回天手[①],玉斧独矜割地才。

亿兆回肠国耻史，三匝绕树宋亡台②。
鱼龙残夜谁能啸，忍看江山付劫灰。

二

日照神州分外红，桥山云树愈葱茏。
江淮河汉竞奔海，南北东西永向嵩。
紫电自昔属大帝，明珠今始归尧封。
渐闻孤岛思乡客，度尽劫波归兴浓。

注：①指林则徐。②台在崖山，与香港临海相望，为陆秀夫负宋末帝跳海处。

摸鱼儿·周总理逝世十周年祭

摧山陵，风风雨雨。神州多难如此。长街十里人如海，血泪声声总理。呼天地，痛倾国四凶，英烈陨无数。义旗高举。有万人诛魔，八方捉鬼。"四五"清明祭。　　开新纪，旋转乾坤邓禹。青天炼石再补。安邦治国折樽俎，万里长征又始。继遗志，开"七五"宏图，留得精神住。春风万户。看人心向党，党风好转，任民康物阜。

孙艺秋（1918—1998） 原名孙萍，河南省安阳人。西北民族学院中文系教授，甘肃省诗词学会顾问，著有《唐宋诗词精选》《泥泞集》《待宵草》等。

自题幽兰小幅

水际山阿耐寂寥，长天风露可怜娇。
人间是处群芳绿，开到孤寒格自高。

闻　箫

银河隐隐夜迢迢，碧玉谁家苦按箫。
最是无情新雁远，割断相思月似刀。

麦积山题壁

独立苍茫万劫身，飞花如梦思如尘。
山因明月涵空翠，石吐白云护碧嶙。
天地无私皆净土，禅思有味欲寻津。
凭栏快引珍珠罢，一曲高歌过渭滨。

题三弟作《松菊图》兼寄津门

冷松留翠色,黄菊发丘林。
隐约雁声远,依稀秋水深。
人间惊一叶,时序百年心。
红树千山晚,幽思或可寻。

围 炉

一炉红火一杯茶,风雪又欺秋后花。
幸有逃寒夜读处,书香四溢是吾家。

蔡景文(1920—2015) 甘肃省天水市秦安县人,中学高级教师。中华诗词学会、甘肃省诗词学会会员,天水市诗词学会顾问,著有《辛味书屋吟稿选编》。

踏莎行·时事感怀

柳换鹅黄,莺啼清晓,分明昨夜东君到。似曾相识燕归来,窥帘笑我发华早。 怕道春来,几番春好,惜春翻为春归恼。东风莫定徐徐吹,殷勤别让莺花老。

济南吊李清照

憎命文章笔有神,江南菰雨送残春。
飘蓬万里悲秋雁,胡马中原系梦魂。
弦断西风锦瑟冷,词成妙句客愁新。
年年湖上清明雨,片片飞红带泪痕。

过涿州

楼桑不见旧门庭,鼎足英雄空姓名。
运尽汉家终未复,恨遗江左总难平。
老臣尽瘁怀知遇,嗣子无才托上卿。
乐奏洛城欢笑日,蜀江月落杜鹃鸣。

满江红·故宫怀古

金阙琼楼,应犹记,旧时风月。形胜地,兴亡治乱,死离生别。江海汹汹戎马起,烟尘滚滚繁华歇。"汝何故生我家",肝肠裂。　　中兴志,倾颓局,天下事,何从说。痛江山不守,扬嘉喋血。雨洒江南士庶泣,尸焚填海大明绝。只而今,残照景山秋,宫槐碧。

临江仙·重游麦积山

耸翠层峦千嶂里,禅林古寺深幽。散花楼下景云浮。朝山还似旧,烟雨几春秋。 高咏杜公何处去,沧桑岁月悠悠。人生胜地几回游,山灵应笑我,空白少年头。

甄昶(1921—2003) 甘肃省天水市秦州区关子镇人,天水地区文教处处长,天水市诗词学会顾问。

千秋岁引·建国四十周年抒怀

帝国侵略,武人逐角,血雨腥风此城郭。疆场英烈报国处,自由花放开还落!迎朝阳,创新图,宛如昨。 四十不为名利缚。鸡唱一声天下白。苒苒时光易流却。十年改革事实在,不忘解放入城约。惜今时,展望后,思量着。

如梦令·老人节感怀

记得长沙兰杜,岁月漂流无语。佳节又重阳,空记寒蝉何处。何处何处?难留秋光常住。

霍松林（1921—2017） 甘肃省天水市麦积区琥珀乡霍家川人，陕西师范大学中文系教授、博士生导师，国务院学位委员会委员，中华诗词学会名誉会长。

台湾学者王拓自美归国祭扫黄陵，邵燕祥赠以七律，毕朔望约予同和

云天望断费沉吟，南雁常牵万里心。
一峡何堪分汉土，三生难改是乡音。
归来喜醉黄柑酒，别后愁弹绿绮琴。
重挽龙髯留后约，桥山回首柏森森。

天水影印《二妙轩碑贴》，且将摹刻于南郭寺碑林，喜题

山阴王字美，陇右杜诗雄。
二妙传羲里，群贤赞宋公。
访碑南郭寺，揽胜隗嚣宫。
喜作秦州颂，冲霄舞巨龙。

兰州慈爱园别邓宝珊先生

河声清北户,山色绿南楹。
园果秋初熟,庭花晚更馨。
谈诗倾白堕①,说剑望青冥。
屡月亲人杰,终生想地灵。

注:①刘白堕善酿酒,因名酒为白堕。

寄怀乡前辈冯仲翔先生

坐领风骚最上游,几番翘首望兰州。
诗名远迈王仁裕,学派遥传张介侯。
叔世人才凭启迪,乡邦文献赖搜求。
追陪杖履知何日,万里烽烟一夜收。

麦积山道中

幽径纵横压古松,行经烟霭亦无僧。
前山隐隐闻清磬,知在云峰第几层?

袁第锐（1923—2010年） 四川省永川县人，甘肃省诗词学会会长，著有《恬园诗词曲存稿》等。

题麦积山、仙人崖

烟雨蒙蒙麦积奇，后秦北魏迹空遗。
一联洒尽王孙泪，四字空留了望题。
石竹尚存香麝杳，金桃犹是彩禽稀。
仙人已去空惆怅，又见灯红指路迷。

天水杂诗

一

未觉春光老，驱车作壮游。
笑谈名士恨，契阔美人愁。
鸣鸟迎初夏，寒蝉畏早秋。
浮生原是梦，倏忽此淹留。

二

秦州犹有寺，蹇帝已无宫。
光武仍飘忽，刘玄业竟空。
西城谁护主，南郭咽悲风。
世事如清渭，千秋永向东。

三

灵秀毓群山,山悬万仞间。
有泉鸣汨汨,无鸟唤关关。
野草因风舞,游人逐艇还。
笑谈惊四座,老幼尽开颜。

四

仙人何处去,草木正青青。
腰腿今仍健,鬓毛已早星。
晓岚生远岫,飞絮入新亭。
欲向云间老,结茅在野坰。

李文遐(1923—2014) 汉族,河南林州人。毕业于县进修学堂,天水百货公司美工,中国民主促进会会员。中华诗词学会会员,天水市诗词学会会员。

香港回归

君饮香江水,我耕黄土塬。
中华行两制,同爱共和天。

浪淘沙·祖国春

丽日中天照，美奂山川。神州处处展新颜。代代英华为国事，沥胆披肝。　　德泽润心田，造福人间。南水北调谱新篇。西气东输真壮举，堪慰先贤。

甘肃首届丝绸之路节

丝绸之路赏民歌，胜迹交辉佳话多。
石化珠玑沙变宝，湖清鱼跃花成河。

汪都（1924—2013）甘肃省天水市武山县洛门镇营儿里人。任武山县委副书记、天水地委宣传部副部长、天水一中党委书记校长、甘肃省教育厅副厅长、天水市人民政府顾问、天水市诗词学会名誉会长兼首席顾问。

与友人春游麦积山

江山松柏满山新，一路春风一路情。
桃李枝头花似锦，散花楼侧燕飞轻。

清水礼赞

日暖严冬不觉寒,迎春面对意盎然。
红梅眼底未开晚,一品琼泉如品兰。

庆祝建国四十周年

建国欣逢四十秋,惊天锣鼓庆神州。
炎黄万众思飞奋,华夏群英共运筹。
四化鸿猷前景壮,十年改革战功遒。
舵轮幸有擎天手,碧海白云与共悠。

芳草吟
——祝贺天水诗词学会成立

秸水涓涓惠风轻,春光融融共踏青。
红桃入眼相争妍,芳草无边茵又生。
白首多行坎坷路,赤心一片向阳呈。
吟诗把酒非闲论,牵系桑麻念故情。

师生情

莘莘学子满校园,两鬓白斑成达贤。
难得师生话乌市,血汗浇得边疆兰。

王景纯(1924—2006) 甘肃省天水市秦安县叶堡镇何坪村人,字璞斋,号何坪孤客。毕业于兰州兽医学院。天水市诗词学会会员。

野 望

阳春三月天,一雨换新颜。
秦野林如染,陇原花欲燃。
农家耕作乐,银膜果蔬妍。
无限山区好,尤疑胜辋川。

已卯秋夜读良辅君佳作口占

深藏斗酒散幽香,良夜开樽自品尝。
月白风清天气爽,赏君佳作兴尤长。

一九九五年春，何坪村又建水井一口，可浇灌坡田百亩，喜赋

禾稼山坡水到田①，旱原今日换新颜。
衣丰食足千家富，物阜民康万户欢。
满眼山村增变化，连天楼阁尽娇妍。
喜逢盛世三生幸，未必舜尧有此天。

注：①何坪村原来称禾稼村。

代内子蔡蕙兰寄啸红表兄台湾

万里问君安，欲书下笔难。
心随行雁去，几日到台湾？

辛巳春日喜赋

艳说舜尧称太平，百闻怎及眼前真。
牛衣茅舍村村失，粉壁琼楼处处陈。
惬意人民歌五德，普天雨露注三秦。
喜看无限江山丽，尽是党恩建设新。

马永惕（1924—1987） 字励青，天水市秦州区人，民革天水市委副主委，多年从事会计工作。中华诗词学会会员，中国楹联学会以及甘肃楹联学会会员，天水诗社理事，著有《不知津草庐遗稿》。

次韵家兄冬日楼居远眺

疏林落尽见山痕，吹角边城日易昏。
澹宕寒波明远浦，纵横废圃认荒村。
布裘乍暖缘中酒，畲瓮初开快佐飧。
岁晚登楼增惆怅，卅年旧梦漫重温。

放歌行（寿尚尧七十）

君不见凌烟功臣冠切云，意气轩昂迈等伦。
又不见四皓商山弄狡狯，一日长安飞紫盖。
古来大隐复何如，荷筱丈人楚接舆。
君之行藏乃类是，散发还作山泽癯。
读书早知素餐耻，谁念臣朔饥欲死。
抱关还笑老侯嬴，恨不遭逢魏公子。
昔年足迹遍南北，放歌唯觉天地隘。
五湖扁舟归去来，陇梅含笑迎归客。
十年腥雾暗寰中，君缘胡道葆厥躬。

始知造物有深意，不干物忌何由穷。
从来文字称难朽，少壮哦诗忽白首。
可怜掷地作金声，锁向空斋听龙吼。
我不祝君取重名，但祝驻世齐彭铿。
他年联袂陟嵩岱，笑指长虹落酒觥。

高阳台

霍松林教授以所著《松林词》见赠，题此以谢。

顾曲风流，题裙俊赏，缁尘曾梦长安。水绕华清，依然形胜山川。唐宫汉阙登临处，倩何人，说与当年。漫沉吟，总把春光，都付啼鹃。　　一编天外飞鸿至，听云璈水瑟，雁柱鹍弦。唤起清愁，也应不到梅边。青衫我自飘零惯，况而今，华发苍颜。最难堪，暝色高楼，璧月空圆。

满江红

国庆三十五周年喜赋。

　　浪咽长淮,风卷起,惊涛如雪。遥望处,红旗似锦,舳舻相接。一片硝烟迷采石,千寻铁锁成虚设。看城狐社鼠尽奔逃,空巢穴。　　思往事,成消歇。瞻域内,增欢悦。正经纶大展,江山生色。四化鸿猷功屡建,五洲奥运辉前列。喜中华儿女俱风流,多豪杰。

唐多令·甲子中秋

　　何处讯琳宫?清光四海同。纵人间已是秋风。转眼霜浓菊绽候,且啸傲,任从容。六十已成翁。豪情逐水空。剑光寒难倚崆峒。凝想唾壶敲缺处,歌欲断,醉颜红。

董晴野（1924—2012） 天水市麦积区甘泉镇人。中华诗词学会、中国楹联学会会员，著有《董晴野诗稿》行世。

辛酉元日书怀

漫抚孤琴几断弦，虽经百难讵人怜。
愁中但怯失知己，梦里犹惊到"夹边"。
半世沧桑宜冷眼，一番风雨又晴天。
不堪细数昔年事，柳暗花明且向前。

注：余曾沦为右派，遣送酒泉之夹边沟，同人多饿死黄沙，余有幸生还。

楼头排闷

凄迷远水一窗秋，红叶如花飞近楼。
风雨袖间今古泪，云烟眉上去来愁。
惊心绝叹孤鸿影，醉眼益思老鹤俦。
多少闲情无处诉，但凭几案数轻鸥。

西安话别霍松林教授

尘海无如世路何,君前不禁荡情波。
身潜烟雨六朝窟,心系江湖一钓蓑。
岂是违时思避世,未能酬国枉荷戈。
有为事业重重阻,短剑侠肝空自多。

西塞山

轻舟载梦一身闲,万里南游西塞山。
云气直逼江底月,浪声惊起草中鹇。
峻峰挺峙风波里,大地寂沉暮霭间。
楚尾吴头平漠漠,渔村遥见数帆还。

莺啼序·送薛映承君调任兰城

正伤相逢迟暮,又阳关折柳。望云鹤、振翼凌空,飞向通天仙路。空留我、含情送目,但余深院寂相守。问氛尘谁是,知心萦思良苦。　　洒洒丰神,落落意气,唯君博人慕。忆当年、座上春风,楼头一见如故。就蓬门、言亲意合,论文章、怡情诗赋。疏篱下，闲把茗盏，说今道古。　　六载辛勤，入主秦州，只清风两袖。更怡然、谈笑逍遥，休休涵宏襟度。辨人妖、慧目寒光，临是非、勘穿迷雾。御同寅、容语堪亲，仁和宽厚。心魂坦荡，浊污难染，更纤尘不受。犹自持、以身许国，无私无垢。重振世风未怯人妒。海底驱蛟，魔窟纵火，迅雷风烈逐秽透。　　一任它，蚤跳绿蝇怒。关温饱，但期万户欢欣，甘愿心血凝士。落落气宇，如君能几，痛惜终分手。宜记取、水云深处，犹有知交。岁月虽隔，深情依旧。离愁乍起，忍违一个，意中豪杰诗中友。料别后，一见诚难有。莫将鱼雁沉寂。君如有约，吾当携酒。

赠映承君二首

其二

天涯真谛杳难寻，涉世徒增感慨深。
莫向名场沽毁誉，但随尘海任浮沉。
侠情常愧乞人剑，文字偏多避讳心。
未必人人皆弃我，此间州主是知音。

县瑄（1926—1997） 甘肃陇西人，字鸣珂，文博馆员、考古专家、书画家。一生著述较丰，著有《松窗说话》《艺术宝库麦积山》等。

自题秋山观瀑图

幽人相约在山巅，琴韵瀑声响乱山。
乐事问君有几许？半眼烟霞半雨天。

张举鹏（1925—2009） 天水市甘谷县人。天水师专校办副主任。甘肃省诗词学会、天水市诗词学会副会长，诗作有《犹未悔斋诗抄》行世。

到家即事

茅檐容我着闲身，小住浑疑主是宾。
篱犬吠时知客到，泥炉红处品茗频。
老翁抱瓮仍同井，村女卖花旧结邻。
见说林鸠啼不住，坐看山雨洗轻尘。

赠甘谷雒济民同学兼索和

雨雨风风三十年,而今身在大罗天。
川原入目美无限,桃李及门红欲燃。
匣里寒光遥映月,帘前疏雨近连山。
起看朱围晚霞艳,知是故人唱锦篇。

蝶恋花·祝省诗词学会代表大会召开

白塔云霓麦积雨,雄镇东西,千载丝绸路。陇上诗家龙凤翥,红颜白发金铃护。　　改革十年莺燕舞,两个文明,景物美无度。左公柳共花千树,春风春雨诗思注。

沁园春·祝六届西交会

西部商潮,六逢盛会,争驾千帆。看羲皇故里,民康物阜;飞将家乡,锦簇花团。公路高速,天河注水,风物秦州最好看。迎远客,列琼楼广厦,美味绮筵。　　交流发展无前。更广结新知与旧贤。想六盘山下,嘉禾滚浪;皇泽寺前,宝藏积山。大款巨商,腰缠百万，同来协作探灵泉。谈笑里，问经纶老手，谁着先鞭。

青玉案

　　余于丙寅元旦返秦，董老谱此曲以迎，情见于词，返兰车中以此曲答之，兼柬晓峰、励青，示不敢爽桃花之会耳。

　　夕阳一片河声里，望不断，邽山路，绛帐昆仲河水部。西风寒透，暗香飘缕，霜鬓染无数。　年年织锦楼边住，彩丝绣得回文句。乐事明年三月暮，无恙桃花，依然燕子，肯放春归去。

康务学（1926—2004）　甘肃省武山县龙泉乡人，中医世家、书法家，天水市诗词学会会员，诗词集为《萍踪诗文》。

论书绝句

一

清逸含奇去俗尘，成规不拘字如人。
平中求险得风韵，泼墨自然会入神。

二

秦汉晋唐隶楷精,学书在此苦经营。
最难靖简风流态,外师造化自高明。

三

意境书追画亦然,不为形似究方圆。
欲含气韵得生动,入木三分磨砚穿。

四

书道通禅醒悟关,豁然得法自高攀。
内心厚积从容发,意在笔先灵感还。

五

学书确忌乱涂鸦,专一遍临独放花。
朝颜暮柳得形似,基础飘浮终莫家。

赵铁民(1926—2014) 河北省张家口市人,天水铁路中学教师,天水市诗词学会会员。

岁月有怀

天水倏忽六十秋,几经风雨几经愁。
夹边沟里伤心泪,今日犹从枕上流。

怀 旧

一曲秦州半世愁,酸甜苦辣喜和忧。
风华正茂少年事,白发犹衰镜里鸥。
华夏纵登千梯阁,夕阳虽好几回秋?
可怜贤内从无怨,共度金婚岁月悠。

吕仰端(1927—1993) 天水市秦州区人,原天水电缆厂职工,遗著为《若人遗稿》。

过李广墓

一

非关命蹇不封侯,诱斩降兵为汉瓯。
百战成名非战死,坟前石马也含愁。

二

射石猿臂善挽强,爱国廉政运筹藏。
重围数解凭忠胆,飞将赢来陇上香。

南山古柏

翠盖霜皮寿几何？杜诗云老千年多。
虬身卧日犹无恙，疏影摇风忆逝波。
岁月逐流惊巨变，沧桑历换自婆娑。
而今加护连城宝，正待骚人酬唱和。

己巳元日海生儿自美国来电话问安感赋

长空万里电波传，海外痴儿遥问安。
佳节思亲同两地，异邦别梦缕千端。
聆声不觉激情涌，触绪方知平静难。
诸事浑忘唯道好，频言保重善加餐。

千秋岁·祝贺中国共产党诞辰七十周年

百年往事，多少辛酸泪。天地暗，雄狮睡。列强恣肆虐，剽掠横无忌。难言回首，疮痍满目金瓯碎。　　十月枪声起，禹甸红旗继。人觉醒，山河翠。三中全会后，亿众风流最。恭贺党，良辰初度千秋岁。

东风第一枝

辛未除夕身在美国明尼苏达州，佳节遐思，怀念故里亲友。

独倚楼头、凝眸西望，苍茫暮霭无际。那堪异国风情，更兼离愁涩味。时值岁暮，叹斯地、寂无春气。有道是、佳节思亲，寂寞此情为最。　　想神州、新元肇始，举国庆、屠苏守岁。银花火树良宵，爆竹桃符换瑞。繁华美景，千万缕、乡愁难已。共旧侣、一点灵犀，万里举杯同醉。

吴玉海（1927—2015）　天水市清水县人，中学教师，甘肃省诗词学会、天水市诗词学会会员。

羲里颂

望眼丝绸欧亚路，羲皇胜迹史流光。
渭河亭草肥秦马，佛窟泥雕奏汉篁。
岁月五千图壮丽，人民十亿志昂扬。
巨龙崛起中兴业，装点大同续乐章。

芙蓉公园

柳招松笑仁河堤,绿掩长廊笼鸟啼。
中竖一亭高举翼,旁夹两镜远添溪。
楼藏万卷遂流览,园漾百花启永题。
老少乘凉舒醉脸,钟声才觉日偏西。

买　菊

霜晨九月到韩庄,曲曲河旁一圃香。
西苑花团轻曼舞,东篱草甸懒梳妆。
五颜六色裁绫锦,百态千姿弄笙篁。
忙了花农迎客众,迷离我眼久彷徨。

卜算子·癸未元宵节观感

　　天上月儿圆,九域星河灿。清水元宵不夜城,晚会八音啭。　　社鼓吉羊舞,火树银花展。五彩缤纷谁设计。好似春风染。

水龙吟·看神六颂高新

敦煌壁画飞天，献身逐日钦夸父。穿云透雾，不渝矢志，奇男万户。涉水洋东，越山邻北，采金摘璐；喜人才济济，科学帜举，航天梦，开新步。　密鼓紧锣崛起，两弹飞、一氢拍露。春风浩荡，物丰品聚，技致殷富；箭箭高新，双人宇航，外邦惊睹！看更上层楼，星球结友，月中游顾。

马弘毅（1927—2005）　字任远，斋号掬忱，甘肃省西和县人。中华诗词学会、甘肃诗词学会会员、天水市诗词学会副秘书长，著有《掬忱斋诗词集》等。

纪念彭德怀元帅九五周年诞辰

平江义角断凶顽，立马疆场百战先。
形敌用兵三略健，爱民忘己一身丹。
旌旗漫卷昆仑北，虎豹奔逃鸭绿南。
堪叹覆盆轻肆虐，吴园①月冷痛绵绵。

注：①清初吴三桂府园。

邓公颂

矢志为民声誉扬,三伏三起史辉煌。
举旗百色西江涌,转战太行东寇慌。
跃马邯郸敌阵解,鏖兵淮海蒋军降。
举国四处歌刘邓,旗到"三山"尽覆亡。

西气东输颂

长龙问世起仑南[①],戈壁黄沙锐意穿。
不惮高温烤管道,等闲冰冻霸群山。
葡萄串串酬劳众,杨柳青青漫入关。
地下潜行显绝艺,八千里外海滨欢。

注:①在新疆西南部,系西气东输的起点。

三峡水库工程颂

库深高达百三五[①],船闸五级气势雄。
神女温情迎水涨,屈原静穆看湖容。
大宁因态赋新意,高壁任人留旧踪。
两座三峡诸景艳,"长城"[②]喷雾丽长空。

注:①库深135米。②指三峡大坝。

张心研（1928—） 甘肃天水市人。中学语文教师。中华诗词学会、甘肃诗词学会、天水诗词学会。其作品在《华夏吟友》《甘肃诗词》《渭滨吟草》等刊上发表。

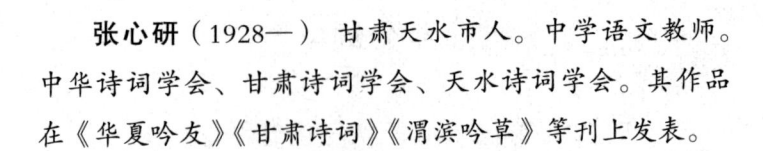

题 照

庚年年闰六月初八，吾妻生日，感怀题照片三绝句

一

娇憨情态忆当年，浅笑温馨似水仙。
三十二年弹指去，去留情影在人间。

二

月色溶溶扁鹊家，香移小巷木樨花。
欲从旧梦寻诗味，怎奈新霜扑鬓华。

三

病眼迷离减韵神，家贫不悔嫁郎君。
前尘往事卿休问，忧患人生未了因。

访成县杜甫草堂

路人溪弯处，深山一草堂。

祠墙花烂漫，潭石水铿锵。
物累风霜泪，诗追日月光。
谏臣多弃置，遗址永留芳。

辛巳暮秋南京访陇上柳

五十余年才一见，故人久客石头城。
寄情书画宜抒郁，觅句林泉好养生。
共庆晚晴无抑压，可堪时尚竞钻营。
春回陇上花开日，莫负同窗盼候迎。

赞兆颐

羡君笔底灿烟霞，琴韵墨香称大家。
啧啧微闻人赞语，巴黎会上受人夸。

闻名演员李媛媛病逝

清超淡雅望如仙，似锦前途未永年。
《世纪人生》成绝唱，艺坛痛失李媛媛。

赵建基（1929—1994） 甘肃省陇西县宝凤乡人，天水市政协主席，天水市诗词学会首任会长，著有诗文集《剑胆琴心》。

博学老人

行年七十读书多，知识面宽诗满箩。
桔井笔勤成巨著，杏林春暖起沉疴。
壮心不减老廉颇，妙手居然今华佗。
病榻前头成厚友，振兴华夏赖漪波。

题猛洞河

秋山猛洞映清波，倒影岚光入画舸。
无限风光迷去路，长怀游伴赋离歌。
题诗难尽归舸意，彩笔谁描织女梭。
戏水猴儿串洞山，天垦一线舞金戈。

春 讯

1979年1月17日，蒙冤二十载，平反昭雪感怀，奉献余生为党为民。

飞来春讯一枝横，展卷聆听若有声。
花影草肥风日丽，马蹄破石追长缨。

李应举（1930—1990） 山西省兴县人，号黑茶山人。供职天水市雕漆工艺厂等单位，天水市诗词学会会员。

伏羲公祭大典在新建祭祀广场举行

伏羲文化盛空前，四海宾朋祭祖先。
城市论坛增促进，揭开天水旅游篇。

登望江亭

倚楼远眺锦江边，游客登临兴倍酣。
惆怅浣笺亭畔井，名花烟雨两凄然。

甲子岁游西湖有感

花港情深春水涟,锦鳞游泳乐心田。
观鱼胜似鱼儿乐,日暮归来兴未闲。

雪后游南郭寺

踏雪南山寺,寻梅上小坪。
谁家篱落院,烟冷一枝横。

王直(1930—2009) 甘肃省甘谷县人,号孤舟。天水市民进主委,中学高级教师,天水市诗词学会会员。

春 雷

1983年民进中央五代会召开,受党的领导人邓小平、胡耀邦等接见,心情激动,即席口占:

旧雨重逢携手来,清源除秽起春雷。
祝君多有凌云志,秋菊春兰一处开。

如梦令

欢送薛映承同志会上填,其中用薛词原句"来时春暮,爱古槐高柳"。

忆昔来时春暮,今又桃花满路,无计怯春寒,脱靴且留州牧。留步,留步,高柳古槐眷顾。

耤河大桥

春来耤水穿花流,倒映丛楼日影浮。
身在画中浑不觉,缠绵絮语过桥头。

崆峒山

拾级崆峒近太空,松涛席卷碧玲珑。
仙人驾鹤今何去,石室空留烟雨中。

安其超（1930—2011） 别号悬壶山人。秦州区天水镇中心卫生院中医师。中华及省、市诗词学会会员，著有《寒山诗草》《古诗研究》等。

边戍曲

投笔枕戈行，离人赋北征。
闻鸡思祖逖，起舞忆刘琨。
报国平戡乱，辞家欲请缨。
东南飞孔雀，闺怨织回文。

感　时

感时苦乐两悠悠，试问群黎有莫愁。
北望烟迷三圣殿，南巡日映九层楼。
安民致富同夸父，报国尽忠相武侯。
改革宏图新世纪，小康大道正风流。

冬至书愤

风霜落地谢凋残，处境谁怜范叔寒。
失意虚心空幻想，侧身拽杖一吟安。

程门立雪勤三昧,别室炊烟苦独餐。
至日通邮邀逋客,航天轨道赛诗坛。

与马炯游天嘉鸾亭谷中

沿堤采石步河湾,四顾云齐万仞山。
益友忘年敲古韵,问津学士话新颜。
篆文正字刻名姓,绣虎雕龙不尽言。
两袖清风劳苑北[1],一生知己赋高轩。

注:①苑北是马炯的笔名。

李扬(1930—2007) 甘肃省天水市人,西安音乐学院教授。

复张举鹏先生

一

一面缘悭心仪久,不期羲里见斯人。
怡怡神采颜不老,湛湛奇思意更深。
交友从来重德艺,论文一向主清真。
陇原吟苑执牛耳,猗竹主人频誉君。

二

　　久寓长安归故里，遍观村客①又观松。
　　当年曾作马前卒，此日且听霜后钟。
　　北陇种瓜识稼穑，西溪偷眼看苍穹。
　　胸中块垒知多少，苦辣酸甜味不同。

注：①村客者石榴之戏称也。

三

　　往事凄凉未化烟，追怀忘却两为难。
　　不堪回首宁回首，需应开颜便开颜。
　　访旧惊呼多变鬼，抚今悲叹少同年。
　　西门怅望心如浪，纵是多情也枉然。

即兴感赋

　　癸未中秋后四日，西安音院附高首届学生相约返校，五十年前初入学时总百余人，而今相聚者仅约半；执教者亦多谢世，感慨良深，即兴述怀以志。

　　少陵原下渭河滨，旖旎风光一览中。
　　我有因缘逢佳运，五十年前会菁英。

意气相投年相近，师生名分兄弟情。
弦歌风雅共日月，雏凤清声春融融。
正值好风展健羽，何期恶浪碎瑶琼。
从此一别二十载，陇头流水秦川云。
风雨如晦生事艰，敢望何日重相逢。
白云苍狗世多变，人间正道有阴晴。
"四凶"既殄乾坤正，大地春加气象新。
相聚相视如春梦，几多欢喜与悲辛。
喜看今日上林苑，玉楼琼林硕果丰。
我今七十又四龄，诸君两鬓繁霜清。
秋去今来咒逝水，但喜桑榆更晚晴。
献君心似秦时月，谢君情如岭上云。
为感此日欢聚会，拼却老命开金樽。

刘肯嘉（1931—2010） 天水市秦州区天水镇刘家磨人，天水市委报道组组长，天水市诗词学会副会长，著有《二重唱选辑》等。

青龙观

每闻青龙观，少小忆犹青。
春游忘劳累，采花听鸟鸣。
归来撰日记，倾注满腔情。

同窗争传览，优劣无定评。
今春返故里，心绪不可名。
喜追儿时梦，悲叹老难胜。
光阴空荏苒，无为意不平。

凤凰嘴

追忆凤凰嘴，非缘风物美。
儿时学放牧，喜为牛羊侣。
嬉戏自开怀，日暮方归来。
燃烛复夜诵，双亲盼成才。
行年已古稀，成才心事违。
世事多阴险，动辄有是非。
凤凰嘴前乐，入梦总依依。

病树吟

病树逢冬无护持，纵横霜雪尚伸枝。
眼中噪雀频栖绕，梦里繁花未绽垂。
远客行吟曾驻足，南邻显贵忽横眉。
天涯果有春风到，敢问新葩发几时？

永遇乐·忆母嫂述怀

昏晓为炊,缝衣密密,多少寒暑?立业煌煌,成名赫赫,殷望知几许?芳年飘忽,枯容懒倦,壮志已随云去。空惆怅、嶙峋傲骨,惹来恼人风雨。　亡羊失悔,桑榆未晚,冰薄渊深行处。更读朝朝,犹吟夜夜,辛苦文章路。南邻呼饮,东篱采菊,岁暮可堪回顾!吞声问、孱母孤嫂,九泉谅否?

望海潮·咏天水

岁年难记,乾坤混沌,羲皇一画开天。诸葛出师,文叔望蜀,秦州自古喉咽。古柏咏诗仙,不夜吟老杜,脍炙连篇。马上征人,陇南流水照于髯。　一从地覆天翻,见农家博士,僻壤文编。高树荫街,层楼拔地,古城十里歌弦。麦积展新颜,曲溪添异景,外客留连。更有"花牛"[①]渡海,国际盛名传。

注:①花牛:天水苹果。

裴守志（1931—2009） 天水市麦积区石佛镇裴家滩人，天水市诗词学会会员。

忆江南

三阳好，地沃尽优田。囤谷仓间今岁满，结钱富市现时繁。美景乐陶然。

郑荣祖（1931—2006） 笔名天虞，天水市秦州区人，天水市副市长、市政协主席、天水市诗词学会名誉会长。

贺小陇山林业实验局成立四十周年

志在苍茫万里山，拓荒种绿历多年。
喜看大地添青翠，永续青山不老篇。

过河西

沙碛无垠嵌碧玑，铄金流火过河西。
鸣沙山里泉如月，火箭升空此地飞。

祝麦积诗社成立

列翠岗峦花雨芬,群贤相聚艳阳晨。
子山逸兴麦崖老,工部吟怀泉眼春。
敢有豪情超旧韵,能无椽笔颂新人。
行看渭水秋声里,兰蕙百畦郁郁森。

鹧鸪天·陇上麦熟

片片梯田金泛黄,群蜂引动苜蓿香。白头老妪闲谈笑,小伙田边说俊娘。　镰起舞,麦登场。机声阵阵玉珠扬。售粮卖得轻骑好,带上媳妇去赶场。

刘昌　出生于1932年,秦州区平南镇瓦资岔村,天水市人民检察院县级检察员,离休干部。

自　度

梦里几度回家,房前屋后转悠。田间地头小放牛,青山绿水依旧。　爷牵我的小手,我拽婆的衣袖。肚子饿了喂糊糊,儿时慈味久久。

自　度

　　灵石涌动清流，蒸腾缭绕珠露。温馨婆娑任尔游。顿觉浑身舒服。　　感觉活着真棒，联想开元盛唐，玉环汤池戏三郎，醉生梦死《天堂》。

自　度

　　地湾，地湾，满园芍药牡丹。幽香四溢着人醉。今生方得如愿，如愿，如愿，人生尤如梦幻。　　如愿，如愿，人生尤如梦幻。西天彩霞映东梁。心有嫦娥相伴，相伴，相伴，魂惊梦醒肠断。

李承旭　1932年生，甘肃省甘谷县人，甘肃省诗词学会、天水市诗词学会会员，甘谷伏羲文化研究会会长，著有《煜野诗稿》《栖迟楼吟草》。

谭嗣同殉难一百周年纪念

　　嗣同俊杰正翩翩，慷慨昂扬直入燕。
　　意愿维新除弊政，希图变法固皇权。
　　成仁烈迹惊寰宇，赴义悲歌榜策编。
　　磊落丹心悬皎日，胸怀浩气贯旻天。

石鼓山

朱圉峰巅上,坐观飞鸟还。
五湖烟雨梦,四塞暮云间。
青溟纵横水,苍茫荦确山。
逸情娱不尽,权且慰颐颜。

杜正兴(1933—2015) 字篱亭,笔名野樵山人。武山县城关镇人,天水市商委副主任,甘肃省诗词学会、天水市诗词学会会员,著有《野樵诗词联选集》《心声》行世。

平韵满江红·登南京长江大桥

旭日喷金,霞光灿、驱散晓寒。通途壮、彩虹飞跨,放眼凭栏。扬子波涛奔万里,钟山迢递路三千,看顷城、车急万头动,楼宇连。　　天不老,花易残;春末绿,鬓先斑。叹年华虚度,云路何年?朱雀桥前风物换,秦淮河畔梦如烟。望千帆,竞发急如梭,争向前。

劲　松

战胜冰霜浩荡心，一身青翠四时森。
伸开虬干穿云表，俯瞰乾坤鉴古今。
出世唯求凌险峻，横空只愿探高深。
生来不带媚人气，独立苍茫啸傲吟。

春　雨

久逢甘露百花芳，麦垄青葱隔夜长。
瓜果禾苗开口笑，山川草木焕容光。
声声布谷催新绿，煦煦和风送晚凉。
春雨一犁珍似玉，农时不误撒肥忙。

夜听吹埙

万里星空惨淡秋，埙声断续韵腔悠。
传来怀古征人怨，吹出抛家游子愁。
曲送霜风心绪乱，歌飘凉夜梦魂浮。
一帘冷月黄花瘦，惹得无端泪暗流。

看 戏

一

净生旦丑竞登场，假面撕开纸一张。
精彩纷呈须作势，淋漓尽致靠装腔。
煽情本给星族唱，亮相原为看客狂。
台上疯癫台下傻，管它好歹与荒唐！

二

戏中有戏意深长，粉墨登台佯与狂。
小鬼张牙频舞爪，王公信口乱雌黄。
紧锣密鼓鏖兵急，献计设谋角逐忙。
最是明星多受宠，只缘观众爱帮场！

田润 1933年生，字朗亭，号晚逸斋主人。甘肃省天水市麦积区石佛镇人。天水市麦积区人大工委主任，省、市诗词学会会员、麦积山诗社社长，著有《晚逸斋小草》等。

咏笑佛

便便大肚纳沉舟，憨态年年无忧愁。
堪笑人间未解脱，名缰利锁不回头。

曲溪游记

峡静人烟少,山深百鸟哗。
清溪浣碧石,暖日浴芳芽。
绿翠参差木,红白远近花。
黄蜂头上过,疑入武陵家。

双玉兰堂

凌云挺拔玉兰俦,左白右红色绚幽。
春暖花菲香四溢,高柯磊落昭千秋。
邓吴题壁光芒耀,齐老挥毫字劲遒。[①]
嗟我无能空自叹,讴歌盛世乐悠悠。

注:①甘肃省省长邓宝珊、兰州市市长吴鸿宾、全国著名书画家齐白石在此留有诗联。

〔正宫〕脱布衫带过小梁州·三春

映水丹苞柳绽黄,满目春光。枝头嫩绿蝶蜂翔,东风荡,摇动杏桃香。卧虎台端登高望,曲溪九派贯长江。青秀山,松涛漾,朝阳云淡,雏燕两三行。

登兰山三台阁远眺

危阁崇三级，华檐彩凤飞。
晨曦辉碧汉，夜月耀城池。
白塔北峰耸，清泉五瑟嘶。
三台浑一色，四季异象奇。

何晓峰（1935—2001） 字冰河，号紫芝山房主人，甘肃省天水市秦州区人。天水雕漆工艺厂高级工艺美术师、中华诗词学会会员，天水市诗词学会顾问，著有《天月明空集》。

奉和汪都校长
时庚申秋暑于夏令营也

一

碧海群星聚斗南，人寰倏忽已卅年。
九州鼎沸遭涂炭，四害伏诛解倒悬。
险阻克服创新宇，发扬文化递相传。
喜看桃李花繁日，霜管重拈咏河山。

二

麦积文峰柱陇南，流长源远几千年。
射石飞将曾没羽，把酒谪仙皓月悬。
初辟鸿蒙缘一画，重开诗镜赖真传。
为酬夫子殷情意，大笔淋漓写溪山。

和玉如词丈东岗新居四律之四

一统金瓯定可期，改革流弊正明时。
老鹏奋翼垂天壤，雏凤新声振羽仪。
青史是非千载定，坫坛风雨万人知。
行年已届期颐寿，且酌流霞画玉卮。

水调歌头·用张子湖添字格戏呈诸诗侣一粲

多少碧天事，把酒问嫦娥。横空银汉一缕，世界何其多。莫讶白矮黑洞，近有星槎遨去，浩渺泛天河。来访广寒客，为舞霓裳么。　　野王笛，公孙剑，念奴歌。蜉蝣天地，离多聚少，拼欲醉颜酡。满座宿儒硕彦，尽是谪仙才调，诗笺裁江波。蓦地飞星过，牛女弄金梭。

贺新郎

何事愁如许？算年来，萍踪浪迹，于天何忤。鸟雀难知鲲鹏志，一任黄流乱注。更那堪、支离病苦。痛哭九阍方聩聩，问嫦娥可与相容否？恩与怨，俱尘土。　　黄花红叶江天暮。恰中秋丝竹箫管，酒朋诗侣。望月高台凭栏久，沾惹一身风露。打叠起、离情别绪。灯火万家方璀璨，断肠诗却化惊人句，敲玉斗，唱金缕。

满庭芳·夜闻蟋蟀有感

冷雨敲窗，凄风侵幕，昏灯枯坐无聊。如泣如诉，搅得诗魂消。千古骚人韵士，聆君语，不寐中宵。更何堪，相如多病，红泪湿鲛绡。　　闻谯，秋梦断，寒衾似铁，思涌如潮。欲偷寄函情，水远山遥。如此沉沉永夜，却只管絮絮叨叨。空企望，鸡窗曙色，辗转到明朝。

罗培模(1935—2004) 甘肃省天水市秦州区西关里人,天水市博物馆馆长。

麦积抒怀

一

丹崖孤峙碧云天,石阁悬空起暮烟。
多少浮图今已杳,只余游客任留连。

二

昔日名山彩塑尤,几经风雨几经秋。
而今艺苑信珍护,绚丽国华居上游。

王天德(1935—2007) 甘肃省天水市秦安县王尹乡人。天水市渭南师范学校校长,天水市诗词学会会员。

春旱喜逢好雨

贴窗听夜雨,晓看瓦连珠。
寅岁廪粮满,耕人心火除。
赋亭因雨喜,苏子悯农苏。
自古多贤士,用心总不殊。

咏　梅

生在涧边远雅堂，偏因细雨洗柔肠。
曾经寒雪百重苦，唯报春风一段香。

汉宫春·读史感题赵充国

风骤西凉，看旌旗漫卷，戈壁苍茫。雪飞铁帐，鞘间乍露青光。雄关立马，舞长缨，艳比朝阳。曾记否？一时豪俊，韬安略镇边疆。　　资治又奏长策，欲久安汉域，莫如屯荒。顿时广茅是处，足饷丰粮。不论胡汉，同讴歌，乐民安邦。忆往事，雄姿犹在，功名更焕辉煌。

水调歌头·谒成都草堂

天下几寒舍？广厦白云边。苦行万里寻觅，播诗在人间。心系苍生离乱，笔底腾流泪血，溅处铸凄颜。潦倒心相守，魂载小舟船。　　凭秃管，抒胸臆，吐心言。不是有恨，只期广厦御人寒。兀自草棚茅屋，萦念大庇寒士，辗转总难眠。遥告老夫子：今夜月同圆。

一剪梅·春游都江堰

筑堰开瓶始劈江。消了灾殃，造了安康。李冰父子享神堂。功载二王，勋载二王。　蜀川千里廪丰粮。排耤都江，关耤都江。辉煌史笔大文章。古也流芳，今也流芳。

王柄　1935年生，字持三，甘肃省天水市秦州区杨家寺人。天水市麦积区政协专委会主任，中国诗歌学会、甘肃省作家协会会员、天水市诗词学会顾问。著有《黄牛歌诗稿》《清平斋吟稿》和《清平斋吟稿续集》。

外公入梦来

书斋尚友依天台，乘鹤主人入梦来。
乳燕虽无夺锦意，寸心犹有报春怀。
豪吟济世悬壶士，喜赋兴教选栋才。
公集诗文心血铸，香如兰蕙满堂开。

老 屋

曾祖传家一瓦房，恋巢归燕栖故梁。
十年桃李结千籽，六代儿孙集一堂。
克俭克勤衣食足，半耕半读稻书香。
偷闲月下时聚首，老屋现身说沧桑。

秋 夜

山村暮落静归鸦，谁撒明珠亮万家。
银汉云微疏阵雨，冰轮光洁透轻纱。
嫦娥悔恨偷灵药，玉兔消愁杵桂花。
忽报神舟经月路，人间天上乐无涯。

壬辰元宵耤滨重逢新阳故友

耤滨重逢忆故缘，新阳传道几多年。
利名不慕思元亮，受业倾心效马援。
足立凤凰迷热土，身临渭水喜清源。
而今小树成梁栋，硕果满枝香满天。

情　思

疏影暗香曲径幽，清平安足有何求。
扶犁春日耕东亩，摘李秋园望北流。
喜拜观音南海至，乐偕结发西湖游。
明蟾伴忆从前事，不见伊人谁解忧？

王克俊　1935年生，陕西省富平县人，供职天水新华书店，天水市诗词学会会员。

鹧鸪天·返里小记

少小离家四十年，新房一字紧相连。苍翁荷锄孙身壮，四目无声喜泪潸。　　多少事，恍如前。柳条编帽蝶翩翩。攀高曾捕枝头雀，昔日儿童发已斑。

浣溪沙·赞癸未年伏羲文化节暨商贸洽谈会

娇饰街头万样新，荷香菊蕊遮花阴，散花仙女最情深。　　喧闹古城天不夜，望眼高楼耸入云，黄昏疏雨浥轻尘。

癸未年春吟

河堤杨柳剪齐裁,解冻小河玉碎开。
真个春风是画匠,大千世界绿重来。

玉簪花

清白清新无疵瑕,托芽嫩绿玉成葩。
叶如牛耳多风趣,绝胜牡丹百合花。

吴恒泰(1936—2019) 甘肃省天水市麦积区渭南镇人。天水市渭南师范学校高级讲师。中国楹联学会理事,中国楹联书法艺术委员会委员,甘肃省楹联学会副会长兼秘书长,天水市诗词学会顾问,编著《中国甘肃名胜楹联》《吴恒泰诗联集》等。

石门夜月

碧流银布挂岩前,景在清溪幽谷间。
众鸟开怀鸣古寺,百花放胆竞新颜。

松青壑碧林风爽,竹翠石奇岚气寒。
福地洞天钟紫瑞,石门夜月照仙山。

奉和济川诗翁

吟诵诗联心胆醉,弘扬翰墨树高标。
文章立意思韩柳,词赋传神忆固昭。
陇上诗林时雨润,中华艺苑郁香飘。
五洲四海玉珠萃,各领风骚颂舜尧。

鹤寿颂
——致天水市门协八旬大寿的门球老友

八旬迎小康,三昧乐闲忙。
松柏精神健,春秋意志昂。
心宽清两袖,志大沐三阳。
鹤寿红梅赞,黄花晚节香。

观关山"花儿"会

张川举办花儿会,近水远山皆有情。
林海松涛迎贵客,羊肥马健庆升平。
歌音嘹亮天人喜,笛韵悠扬神鬼祟。
唱出心声情未了,关山盛会壮文风。

张子芳 1936年生,甘肃省武山县嘴头乡党口村人。天水市政协党组书记、副主席、天水市老年大学校长,天水市诗词学会会长。

党八十华诞颂

七月南湖情最浓,精英聚会解途穷。
腥风血雨擒猛虎,浊浪惊涛缚恶龙。
伟论常新民致富,高筹永著国兴隆。
风骚独领歌三代,尽染层林世纪红。

武山北顺渠修复通水

肥田沃土渭河川，屡现空流地欲干。
失序伤农多怨恨，违时误稼少和欢。
清官永念民情苦，百姓常怀国事安。
一夜龙游新北顺，鸣鞭自发表心丹。

忆赵公[①]

一

我乃仰贤公，英名在陇中。
风流称少帅，求实睥谈空。

二

陇西多才子，诗文数赵君。
悬河擅演讲，老少竟独尊。

注：①赵建基同志任天水市政协主席期间，倡导成立了天水市诗词学会。学会会员已达130多人，出诗集19集，诗作一万余首，在国内外有一定影响。

祝贺市果协会成立十周年并赞协会老同志

涉水爬山乐十年，搭桥引线未曾闲。
能文善武人言好，最是黄牛喜弄田。

韩玉琳（1937—2018） 河南省滑县人。甘肃省工业职业技术学院副教授，中华诗词学会会员、天水市诗词学会顾问，出版诗集《含笑庵诗集》。

春　雨

炊烟飞不起，细水瓦檐流。
堰柳丝丝绿，桃花朵朵羞。
垂髫嬉渭岸，蓑笠乐田头。
春雨何相似，农家免税收。

返乡吟

多年居陇右，喜返泪沾巾。
雨洒田禾嫩，风涂柳色新。
浣溪吟野曲，林鸟奏闲春。
阔别多情处，烟霞星月亲。

水调歌头·天水市曲溪景观

双橹荡溪谷，翠树掩群峰。清幽十里，流水几处碧波穷？河畔千年奇树，水底娃鱼清浅，桥上晚霞红。争渡两河口，姑嫂笑颜逢。　　犀牛树，五彩石，柳胞松。影师竞摄，风骚齐会采诗风。羁绊书斋堪闷，偶赴溪园惊喜，犹若顿还童。今览曲溪水，硕果满襟胸。

水调歌头·高家湾生态园观光

杂树一山绿，蕨菜几家香？喜游崖上生态，处处是花廊。鱼跃天池乱影，鸟击蓝天云浪，湾里野槐芳。好景雅词颂，贵客小姑觞。　　农家乐，同仁赏，醉歌扬。青山绿水回归，重返自然乡。不慕高楼宫邸，不慕荣华富贵，漫步杏花庄。相约风骚会，诗酒话衷肠。

水调歌头·西湖咏怀

垂柳白堤梦，轻棹破云天。断桥残雪何在？花港戏鱼欢。有幸雷峰夕照，尤爱三潭映月，潇洒浪中仙。西子若淑女，瀛岛似云鬟。　　睹烟景，叹陈迹，付流年。一朝社稷，江风渔火毁愚顽。纵有忠臣良将，无奈奸邪当道，徒有好河山。早若金瓯富，何惧霸王鞭。

邓伯言　1937年生，湖南武冈人，兰大中文系毕业，长期从事语文教学工作，高级语文教师，甘肃省特级教师。有诗集《南窗诗词存稿》。

红烛颂

天造无华胜有华，焚膏继晷绽奇葩。
丹心耿耿真情笃，乐在黉门育骏骅。

戊辰秋观麦积山红叶

麦积飞红叶，香山一样奇。
秋高树生彩，弥望似瑶池。

仙人崖

未省何年造化功？穹崖兀见白云中。
石生古柏擎天宇，水注平畴出地龙。
殿阁清风腾脆响，佛龛旋梯入晴空。
游人莫问仙何去：喜看农家瑶圃同。

秋夜咏怀

黉门四十岁悠悠，白发依然志未休。
化雨心声春正好，浇园汗水苗更优。
树兰滋蕙尊师道，润李泽桃追孔丘。
驰骋教坛锦云灿，栋梁千万筑神州。

临江仙·咏竹
——兼呈林家英师

潇洒临风摇瘦影,超然与世无争。婆娑自有玉寒声。冬霜虽凛凛,枝叶总青青。　　昨夜小楼初透冷,庭前月朗风清。嚣尘荡尽见晶莹。但逢梅菊友,岁晚寄高情。

王耀　1937年生,字子源,甘肃省天水市秦州区娘娘坝镇李子村人。天水市诗词学会会员,出版诗集《鹿鹤轩诗稿》。

江城子·迎香港回归

金瓯一角惜沉沦。缅忠魂,倍伤神。霜重林寒,百载恨愁深。前仆后继驱虎豹,无畏惧,献丹心。　　龙腾天际舞雄风。最强音,五洲闻。香放紫荆,华夏梦圆成。一国主张存两制,皆欢喜,共迎新。

观赏王永兰剪纸

空灵巧妙绘浓情,百媚千姿憨态生。
转瞬剪成各色相,传神韵致满堂惊。

游南郭寺新赋(古风)

古寺何崔嵬,依稀世凌霄。
浮图藏舍利,地宫涵大昭。
卧钟杳遗迹,侧柏千岁遥。
绕殿闲花静,青灯照佛雕。
北流泉水冷,露润曼陀苗。
度陇低回怯,昔贤叹蓬飘。
诗书合二妙,荔裳功最高。
碑前良久立,荡胸涌心潮。

鲜招成（1939—2012） 甘肃省天水市武山县洛门镇蓼阳村人。武山县副县长、县人大副主任。甘肃省诗词学会、天水市诗词学会会员。

道家第一山

共上天梯连碧天，苍松穿在白云间。
庙群隐约疑琼宇，道士逍遥似散仙。
满目青葱真福地，一山游客好琅嬛。
玄鹤洞旁问道处，崆峒胜地是名山。

太统山下

太统山下水蔚蓝，春风杨柳意盎然。
李花丛丛人似醉，钟声惊动小花船。

熊顺保（1939—2019） 甘肃省天水市麦积区渭南镇人。甘肃省税务学校高级讲师，天水市诗词学会会员。

致天水市五中马炳烈老师

春风桃李遍神州，妙手牡丹竟上流。
文艺高峰说进取，八旬作画不言休。

致幼儿园及小学教师

爱如慈母护花丛，智慧清泉滋幼童。
才俊由来关国运，启蒙教育立头功。

程天启 1939年生，甘肃省天水市麦积区渭南镇人，天水市渭南师范学校高级讲师，天水市诗词学会会员，著有《天水古今名人书画传》《天水奇观三十二章并序》《天水奇人》等。

虞美人

杜鹃啼血飘飞絮，寂寞深心许。泪痕点点促诗成，又是一帘疏雨画眉声。　　东君消息凭谁问？青鸟抛书信。夜来望月独怀人，一朵白莲悄立正伤春。

赵合璧 1939年生,甘肃省西和县人,西和县委党校校长,天水市诗词学会会员,著有《杂句小集》《暮年散记》。

大像山

甘谷西门外,像山高入天。
窟雕千载佛,洞隐万年仙。
鬼府无香火,神堂有紫烟。
攀登绝顶处,一览小城全。

九游晚霞湖

一年一度晚湖游,风景总生新镜头。
快艇龙舟随客坐,莲花芦草惹人留。
关公庙立姬家堡,仙女台修小绿洲。
东岸歌听乞巧馆,西边酒饮紫红楼。

满江红·仇池风韵

见西和戊子年春节参加陇南市社火调演的雄狮、唢呐、扇鼓、乞巧、秧歌几个大型节目,气势磅礴,表演精彩,感人至深，特以词颂之。

精彩西和，炮声响，龙腾狮舞，唢呐奏，山欢水笑。词今曲古。扇鼓鹰飞江两岸，村姑乞巧知州府。秧歌队潇洒唱春秋。　　旧年去，新岁补。通俗调，和谐谱。陇南仇池风，韵含吴楚。盛世年华人不老，峥嵘岁月精神武。看前程，道路更光明，民生佑。

蔡培川　1940年生，天水市麦积区甘泉镇八槐村人。供职天水市科技局，省诗词学会会员、天水市诗词学会会员，著有《科山苦旅》《科山野草》。

浣溪沙·重游武山水帘洞

一

岩绘千年巨佛珍，鲁班沟里远嚣尘。古今总有出家人。　　地府阴曹原有鬼，天庭阳世本无神，忠奸善恶在人群。

二

麻线娘娘塑像新，乐尝洞水胜甘醇。"条刷""火棍"树中珍[①]。　　白发高谈评匾字，红颜低语释碑文。石山作证字源秦。

三

逆水轿车过洛门,油圈味美倍精神。秋风溪水笑嘉宾。　美酒三杯迷醉汉,清茶一盏醒诗魂。温泉夜沐洁心身?

注:①水帘洞麻线娘娘庙侧长有膀胱果树、杈叶槭树各一株,当地人称火棍树、条刷树。

李正明　1940年生,甘肃省天水市麦积区社棠镇李家渠人,麦积区政协调研员,天水市诗词学会会员。

临江仙·花牛春早

烟波轻笼南山影,花牛独占春风。满园琼蕊露华浓。朝霞凝粉黛,淡淡晓妆红。　晴云俏女穿云燕,撩雾妙手香融。清名嘉誉味无穷。还怜姿芳重,更慕鲜果丰。

烟雨麦积山

烟里奇峰雨里奇,峰前流水白云低。
如纱薄雾绕飞栈,似泣闲愁满密枝。

楼上散花观世界，风中飘叶扑沙弥。
忽然西岭虹霓现，化作彩笺吟雨诗。

石门聚仙桥上

仙聚虹飞五彩楼，烟波苍茫夜雨收。
翠黛遥连东柯晚，丹枫近洒西轮秋。
孤台落照虎岗静，老树斜阳石洞幽。
揽胜何寻千里外，秦州亦自有丹丘。

何永仁（1941—2003）甘肃省天水市秦州区平南镇人，平南中学高级教师，天水市诗词学会会员，诗作《砚边集》。

心　得

岁月无垠气象新，生涯短暂事躬亲。
观潮后浪推前浪，事业驰逐自有人。

过遵义

沧山似海起波澜，如血残阳已昨天。
赤水开云怀四渡，娄山拨雾见三关。
云低嶂险车旋隧，风劲关高马加鞭。
满目轻烟萦袅袅，名城儿女未歇鞍。

退休乐

四十浇花老未休，无怨无悔无再求。
偶到川黔阅秀色，曾经滇缅作悠游。
时和文友敲佳句，况向佛山寻静幽。
满鬓华发志未减，余热燃烧笑晚秋。

仇池山

回首仇池寻禹踪，藏书古穴许藏龙。
观天壑畔繁星碎，察地峰边厚土封。
小洞有天别世界，细流无声映山峰。
西陲立国亦传玺，秋叶摇落忆燧烽。

杂 感

锦衣脱去早还乡,每有见闻笑断肠。
门前工渺荒新径,任后闲多钓故塘。
权重德无祸自伏,心清欲寡福还藏。
缘知利害双刃剑,总有浓时割指伤。

李桂梓 1941年生,甘肃省天水市秦安县人,秦安县第一中学教师,中华诗词学会会员。作品刊发于《中华诗词》《诗刊》等报刊杂志。著有《两由斋杂咏》《花雨楼吟草》等。

泰山日观台

红日出东海,白云笼泰山。
仰天一长啸,声在九霄间。

乙亥秋日漫兴

秋来每爱独登楼,雁去常思早放舟。
隐隐青山羁马足,迢迢绿水豁人眸。

飞云泼白三千里,落叶飘红九百州。
一派霜天唯烂漫,半闲人物自优游。

中山陵

紫金山半中山陵,欲上琼阶四百层。
十万青松成碧海,英灵一点早飞升。

读史咏平津战役

昨夜羽书至,平津已合围。
三呼惊敌胆,一战振军威。
主席新传令,将军早见机。
燕营多壮士,披甲尽来归。

〔中吕〕山坡羊·麦积山

危崖能渡,悬梯成路,散花天女空中住。看菰蒲,望穹庐,如逢烟雨方成趣。多少飞天难细数。高,彩塑古;低,彩塑古。

陈冠英（1942—2004） 甘肃省天水市甘谷县人，天水市文联主席。

生肖情结（古风）

双骏并骖苦砺行，稚驹依次猴鼠龙。
豕憨羊孝强筋骨，蛇地龙天立本根。
闻鸡聆听五德论，师牛体悯万众心。
学兔追攀真善美，效犬重义不愚忠。
同闯虎山探艺道，痴心不改铸肖魂。

杨效俭（1942—2018） 甘肃省天水市秦州区杨家寺人，天水市第五中学高级教师，天水市诗词学会会员，出版《流星集》。

石家河新貌

走进石河村，满目绿葱茏。
村落临渭水，果栽花牛红。
中坚党支部，书记领头人。
苦干奔小康，大家一条心。
改变旧面貌，建设新农村。
几排小白楼，宛若受阅兵。

花园式别墅，两室加一厅。
窗明几又净，空气更清新。
绿色无污染，羡煞城里人。
感谢共产党，执政为人民。
紧跟习主席，梦想定成真。

天水湖一瞥（新韵）

一抹曙色霞满天，初升红日湖面圆。
雄鹰盘旋鹅戏水，乐曲起处舞翩跹。

摆露水

绿树红花笼翠堤，穿梭乳燕贴水飞。
雄黄酒薰端午醉，踏青人携艾柳归。

贺登祥先生《铁堂云影记》出版

辑录史志浩且繁，方家手笔祖马班。
藏龙卧虎人文萃，扼川控秦天水关。
武侯设谋收伯约，子美流寓有遗篇。

天堰高速铁堂过①，古镇雄姿焕新颜。

注：①天堰：即十堰至天水高速公路。

田大均 1942年生，甘肃省天水市清水县山门镇人。清水县广播局副局长，中华诗词学会、甘肃省诗词学会会员，天水市诗词学会顾问，著有《竹影斋吟草》。

谒六盘山红军长征纪念亭

诗亭丛立伟人影，日艳天青赖尔擎。
火播关山寒夜晓，词填马背孽龙惊。
群峰献翠怀时雨，林海扬歌颂义旌。
碑上英灵舒笑脸，喜观华夏又长征。

别故居

两袖寒风锁故门，探巢孤雁面西程。
回肠小道牵魂荡，耕垄慈音绕耳鸣。
徒有热怀恋旧土，愧无椽笔写乡情。
凄然一步三回首，返哺乌鸦噪我声。

游秦岭分水阁

砚台山下藏奇阁,横跨秦关两面坡。
一脊骑梁挟南北,双檐分水走江河。
风云际会才交颈,雨雪却吟离别歌。
敢问天工出谁手,疑团随目到群峨。

清水古洞悬石

溜溜巨石两端尖,浑似机梭洞口悬。
岩面有痕添筹码,洞门无妖笼云烟。
阴风飕飕毛骨悚。险象岌岌额顶潜。
放胆深钻魂不附,阎王殿里又生还。

薛方晴 1942年生,女,甘肃省天水市秦安县人,秦安县一中高级教师。中华诗词学会、甘肃省作协、天水市诗词学会会员,著有诗词集《莲香阁吟》等。

唐多令·重阳回眸

转瞬又深秋,回眸心上愁。不觉间、百事皆休。

宿志未酬人已老，多少梦，在心头。　故地又重游，壮怀不再留。耄耋年、能有何求？九月重阳高处望，总忆起，旧风流。

减字木兰花·秦安县一中 2020 届成人礼庆典志贺

馨香五月，笑语喧天协鼓乐。黄发垂髫，弱冠加礼志更高。　胸怀理想，奉献担当情万丈。立地顶天，漫漫征程何惧难！

一剪梅·读织锦回文诗忆苏蕙

古巷衰杨掩绣屋，星夜遥遥，烛影孤独。飞针五彩泪湿巾，兰蕙诗心，织锦成图。　玄奥诗文难众儒。秦地奇才，诗域明珠。天河儿女寄相思，千古一绝，出自娴淑。

临江仙·生日宴

美酒珍馐香溢，高朋满座生辉。祝福花卉竞芳菲。碧空明月羡,几度透帘窥。　　叙旧觥筹交错,畅饮频碰高杯。酒余人散趣犹随。夜阑难入梦,轻唱《彩云归》。

马炯(1943—2018)　甘肃省陇南市礼县盐官镇高楼村人,礼县第一中学教师,天水市诗词学会会员。

呈天水诗社马堇庵先生

曾见仙葩取次开,歌声早动羲皇台。
风霜几度飘零后,又见红梅陇上栽。

刘兆麟　1943年生,甘肃省天水市秦州区人,天水市中医院副主任医师,天水市诗词学会会员。

寄山西友人郝君

去年联袂楚江头,一叶飘零不胜秋。
古寺归来时已暮,片云孤雁两悠悠。

观缑建民先生画《唐音阁山水诗意图》有感

青山一带渚头东,片片白帆怜晚风。
写尽霍公多少意,分明都在画图中。

虞美人·陇上送别

三年杳杳音书断,梦里曾相见。秦川蜀水两茫茫,空叫离人幽恨对残阳。　　今朝相见还如梦,黄叶满霜径。归时难语晓云青,无限关山古道几人行。

水调歌头

溪水淙淙过,岭上散云烟。秋风万里吹遍,白浪动前川。江海平生意气,回看长河暮景,游子喜空前。玉指轻轻弄,焦尾泠泠弦。　　望梅形,吟梅韵,咏梅泉。空山鸟语,故人今夜抱琴眠。且乐渔舟唱晚,还观平沙落雁,把酒对婵娟。相握欲归去,还唱旧阳关。

满庭芳

　　秋水如天,晴空似水,谁云秋兴悲凉?兴来数笔、挥洒尽壶觞。人道浮生若梦,梦醒来,依旧蒙茫。且收拾,云帆一片,短棹下潇湘。　　难忘,千古事,挂角人贵、愚妇凄惶。但高唱鼓盆,同上濠梁。子幼家贫何恨,黔娄子,相当低昂。君试看,青山尽处,雁字书残阳。

石廷秀(1944—2020) 甘肃省天水市麦积区甘泉镇人,麦积区文体局党委书记,中国楹联学会、甘肃省诗词学会、天水市诗词学会会员。麦积诗社副社长,著作有《陇山小草》。

华山颂

　　秦川起巨峰,立地顶苍穹。
　　毓秀石岩险,钟灵峭壁雄。
　　云藏千载瑞,脉育万枝松。
　　稳作神州柱,笑观雪雨风。

自 乐

舞剑弈棋漫品茶,游山览景浪天涯。
喜迎晨日欢莺燕,轻扰绿波乐鱼虾。
常助贫残钟翰墨,寡谀富贵远官衙。
无忧高枕精神爽,借点诗魂唱晚霞。

南歌子·夕阳乐

气爽蝉声哑,秋高雁远翔。金菊红叶映重阳。喜见鱼肥仓满果梨香。　　当乐夕阳美,不思少小狂。尽情山水好风光。心畅体壮青鸟也白忙。

采桑子·春节乐

神州辞旧人增寿,喜度新春,福满乾坤。旭日瞳瞳丽万门。　　佳肴彩电甜甜酒,醉了山村,乐了乡亲。物阜民康念党恩。

忆日军南京大屠杀

侵华倭寇纵硝烟，卅万无辜丧九泉。
遍地路腥尸遍野，古都冤血鬼号天。
屠城一月高楼毁，遗骨千年怒火燃。
今日国强疆域固，谨防狼性又翩跹。

雒翼 1944年生，甘肃省天水市甘谷县人，甘肃省特级教教师，甘谷一中校长。甘谷诗词学会会长。

世叔汪翁仙游纪念

一

心务岐黄日月长，寸关尺脉细参详。
无论贵贱皆援手，救死扶伤古道扬。

二

先生应是永和人，笔走龙蛇字字金。
若问书魂何处去，流觞曲水访山阴。

汪浩德 1944年生,甘肃省天水市秦州区汪川镇人,汪川中学教师、甘肃省作协会员、天水市诗词学会会员。

葡 萄

满架葡萄玛瑙光,呈红亮紫在秋阳。
娇羞恰似农家妹,蜜语甜言心里藏。

晨 练

魂随剑影三百旋,起舞闻鸡槐林边。
挽住清风当马骑,无忧无虑是神仙。

李世荣 1945年生,甘肃省定西市陇西县人。《天水报》副总编辑、市委秘书长、市委副书记、市人大主任。

阔别母校四十年感怀

别梦依稀四十秋,魂牵母校谊情稠。
恩师眷眷播饴露,学子铮铮砥中流。
报国须当披肝胆,为民哪敢计佣酬?
今朝杏坛潮头劲,桃李春风遍九州。

仙人崖景区览胜

仙人底事送婵娟，雾霭苍茫欲问天。
罗汉嶙峋拥净土，石莲璀璨戏潺湲。
一泓碧水醉幽境，万壑松风弄管弦。
三圣盟坛说盛世，小康庶户乐无边。

古稀抒怀

韶光弱度七十年，往事渺茫去似烟。
嘉木寻臻心尚泰，慈恩未报意犹惭。
校书秘府终无悔，衔禄仕途信有缘。
漫道夕阳无限好，滋兰九畹耜砚田。

游青铜峡黄河大峡谷

十里长峡浪万叠，贺兰牛首锁洪波。
轻舟破水穿画卷，断岸缘荻宿丹哥。
圣祖缚龙传亘古，灵塔镇朔颂弥陀。
孤烟大漠呈新翠，塞上明珠锦绣罗。

恩师包效仁仙逝十年祭

忠魂忽杳九回肠，忍令韶光遽十霜。
舐爱烛台销蜡泪，惜才黉宇铸桢梁。
修身律己严师道，重德怀仁守纪纲。
振铎杏坛贤声壮，丹心一片荐宁乡。

薛映承（1945—2020） 四川省绵阳市安县人，1986至1991年任中共天水市委书记，后调任甘肃省扶贫办主任、省水利厅厅长、省政协秘书长，喜好诗文。

瑞龙吟

叹去岁，尘海烟埃暗暗，巨澜迭起。终是朽摧黄落，人心向往，阳和春雨。重整饬，竟得风翻麦浪，黄金万里。实现两增一降，温饱稳固，更须争取。　　今已风平波静，陇原春满，经纶再举。漫道致富难图，扶贫切记。我输涵养，空多急成意。纵然是，求严过激，诸君见谅。还须多建议，艰难共步。为国为民，更同声同气。且祝愿，新年身心健康，载欣载言，合家欢聚。

齐天乐

古城自古钟灵气,历数英才济济。文采清华,诗书泛香。熏我心魂如醉。烟消雨霁。看地阔天空,诸君振翼。艺苑群英,装点河山愈绚丽。　　风扫落黄如洗,喜渊深文化,进发新枝,莫务玄虚。继承创新,中外兼蓄并蒂。我输才技,叹艺境绝高,登临无地。羡人飞笔,空多趋步意。

赠秘书处、研究室

政治落纸是文章,辛苦驱驰日夜忙。
定使决策成现实,明年喜看稻麦香。

赠组织部、老干局、党校

任人唯贤亦唯能,任人唯亲腐蛆生。
莫因寸朽失巨木,勿以二卵弃千城。
此中玄机诚难识,国事唯伤错用人。
诸君筹思多辛苦,尚望明鉴莫自轻。

赠司机

驱驰万里迅如风,辛苦劬劳总为民。
涉遍陇原崎岖路,民情与党一脉通。

李子伟 1945年生,甘肃省甘谷县安远镇人,中国诗经学会会员、天水市诗词学会会员。出版《诗经译注》等著作12部。

麦积山吟

麦积山高薄青云,凿制不与他窟同。
积薪而上拆薪成,东方雕塑天下闻。
北魏隋唐宋元明,七千八百代代工。
一千六百风雨沐,四大石窟名其中。
群山拱卫林木秀,人文自然双绝伦。
人人来看六朝山,更睹泥塑超凡尘。
小沙弥与童男女,东方微笑活灵魂。
噫吁呼,壮哉伟哉!
古人擦云摩崖天工手,
今朝新科筑栈显神通。
复栈行空盘复盘,窟龛蜂房悬太空。

传统现代融一体,世界遗产美名弘。
桃李不言下成蹊,年年岁岁人潮涌。
散花楼上散花去,千佛洞中谒世尊。
登高凌云心颤颤,凭虚御风意纷纷。
足踏白云天外走,风生两腋欲化龙。
最是烟雨迷蒙处,空山霁后生紫云。

悼韩玉琳先生

君自燕赵来,天水作故乡。
勤耕六十年,桃李遍四方。
循循一儒者,霭霭若春光。
高怀坦荡荡,诗才响锵锵。
人品清如水,性情柔中刚。
侠气偶一现,古道热心肠。
平生唯一爱,垂钓渭水旁。
今日君去矣,唯见水汤汤。
相接三十年,绵绵情义长。
论文时把盏,不与人短长。
漫天雪纷飞,送君到仙乡。
思君泪长流,举杯少贤良。
魂兮归易水,故人多彷徨。

李光琦 1945年生,甘肃省天水市麦积区社棠镇人,麦积区人民法院高(4)级法官。天水市诗词学会会员、麦积诗社副社长,著有诗词集《梦之吟》《夕阳寄梦》。

闲来偶成

抒怀咏志意悠悠,情挚每由秃笔留。
无病呻吟多乏趣,虚玄故弄少同酬。
常从旧卷修残谬,自信于今有觅求。
未必诗词能换酒,但将愉悦梦中收。

黄鹤楼

崔颢题诗赞不收,亦将遗憾笔中留。
未吟三镇江桥壮,词乏九衢碧树稠。
汉口商荣知政举,晴川民裕颂时优。
山河是处风光醉,黄鹤人间第一楼!

杂 咏

置身韵海本无忧,颈病使人频犯愁。
遥对苍穹山脉脉,时翻黄卷事悠悠。

纯心久养情谊淡，素志常怀性在修。
物俗远疏离世俗，吟坛有友尚为俦。

春 雨

雨打轩窗柔若纱，春风润物逐芳华。
隔墙觉醒五更梦，侧耳聆听二月花。
碧柳条条能钓酒，黄花串串可烹茶。
摊开赭墨邀书韵，一纸唐诗笔上爬！

刘少荣 1944年生，甘肃省天水市麦积区渭南镇人，政协天水市文史委员会主任，甘肃省诗词学会会员，天水市诗词学会副会长。

南郭寺杜甫雕像落成有作

玉雕诗圣上苍台，久旱甘霖浥土埃。
雨后花丛朝二妙，廊前泉水饮千杯。
轻敲新出惊人句，凝望依听警世雷。
今日已非昏乱地，愁眉何事展不开？

鹧鸪天·闻海洋君调兰州有作

消息传来已暮春,家山居丧弃闲身。饯行未赋英雄气,拾贝长怀潇洒人。　　君别冀,我回村,秦山陇水诉离分。金城诗涌黄河浪,有寄勿忘渭水滨。

题张维萍女史《大像山》白描画

一

大像山高出碧霄,巍然大佛手相招。
神奇谁使移天力,搬上宣绢慰寂寥。

二

惟妙惟肖数楚翘,自如挥运苦心描。
冰清玉洁真高格,粉黛何须续尾貂。

悼陈冠英兄

一

生肖有序似前缘,谈笑风生称大贤。
约定同书民俗事,为何分手两重天。

二

寒风白雪搅天河,催折才人意若何。
痛写祭文终缺篇,泪流湿纸起悲歌。

王廷贤 1945年生,甘肃省天水人,天水师院中文系教授,天水市诗词学会会员。出版著作《文言修辞新论》、《天水方言》(合著)。

中秋节诗社雅集应邀并赠座中诸公

秦陇多才子,吾何攀敢跻。
酒逢李白醉,诗与曹植题。
且把高风调,作为肝胆披。
岁华犹未晚,再约菊花期。

岁除归家

乍归犹似客,问讯见相频。
室乃一瓢尽,家唯二老亲。
当知耕稼苦,愧解计量贫。
除夜期登岁,明年曙色新。

咏双玉兰

蔚蔚毓灵气,双依结影亲。
同争千古秀,共发一家春。
砌玉明空半,流香出渭滨。
曾经风雨后,别后几枝新。

秋 叶

垂绿成荫后,飘黄欲坠时。
几枝霜露重,一叶枯荣知。
在木难为久,无归任所之。
秋风扫又落,乱人小园池。

冬日野望

平畴长伫立,踏雪望梅迟。
天地无余物,江流断此时。
积冰凝浅渚,冻雀叫寒枝。
谁来报年信,春风只自知。

挽王国济

如何作别苦匆匆，此去泉台路几重。
清影半依霜雪后，素华独出污泥中。
生涯不短一身气，人世长留两袖风。
最是伤心生与死，数行哀泪万缘空。

辛广顺（1945—2022） 甘肃省天水市秦州区华岐镇人，医生，天水市诗词学会副秘书长，著有《黄花谷的回声》《风雨黄花谷》。

游张家川宣化冈

繁花夹道正芬芳，携友畅游宣化冈。
拱北先贤安息地，郭南政要勒铭厢。
岂唯信徒沉浮处，亦是黎民福禄堂。
爱国永怀虔敬念，和平发展竞发祥。

游崆峒山

和风细雨登崆峒,朝拜仙人携友君。
万里江山收眼底,一山美景荡胸襟。
自然道法生宇宙,浩德如磐统乾坤。
何幸同来游此地,满腔烦恼化浮云。

清平乐·六盘山

气冲霄汉,壮志惊鸿雁。围追堵截君不见,战旗直指陕甘。　　运筹帷幄谋,主义笃信如磐。胜券在握豪情,为民勇闯江山。

胡愈　1946年生,甘肃省西和县何坝镇人,天水市广播电视台台长,《天水日报》副总编辑。

惜　别

丁酉初夏,同窗好友来访。叙旧聊新,谈兴未减。时我辈已年逾七旬,垂垂老矣!

惺惺相惜会秦州,面面嘘寒白了头。
沧海横流聊旧梦,云开日朗话新愁。
老来读懂清平乐,自得悠然好个秋。
我欲挥毫书雅趣,奈何拙笔意难酬。

壶口黄河瀑布遐想

黄河壶口泻,千古一奇观。
涡涌冲天浪,雨飘岸上滩。
涛声穿两邑,秦晋复新欢。
引得游人醉,蛟龙难自安。

访韶山毛泽东故居

客流如织贯韶山,逐浪心潮夜不眠。
绿水青山仰卧虎,紫陌平屋拜先贤。
斑竹有泪愁天堕,国魂无殇柱其间。
最是游人回眸处,韶峰未老亦盎然。

武汉抗疫

忽闻荆楚起狼烟,武汉封城庚子年。
黄鹤一鸣天下骇,龟蛇无奈拜神仙。
白衣天降迎凶险,万众同心斗劣顽。
一夜花开春正好,神州处处舞翩跹。

庚子春偕妻游耤河风情线

楼前小巷漾春风,墙里桃花墙外红。
抗疫宅家久觉闷,踏青出户探芳容。
天湖潋滟鱼儿贯,水岸斑斓草木丰。
十里春风人抖擞,忽儿一瞥是惊鸿。

李自宏 1946年生,甘肃省天水市麦积区人。天水市图书馆馆长,研究馆员,天水市诗词学会会员。

登九华山

汗珠一挥顿觉轻,欣上九华百岁宫。
烦恼早随流水去,半仙半俗半痴人。

敦煌行

玉门关外断长城,汉将曾经此屯兵。
酒郡还栽李广杏,阳关遍识王维名。
莫高麦积明珠秀,大漠秦州丝路情。
羌笛吹青塞外柳,友人结伴不虚行。

武夷山

武夷山中九曲河,清清溪水泛银波。
我乘竹筏绕山走,谁在翠林吟《九歌》?

苏爱生 1946年生,甘肃省天水市秦州区人。天水市政协副主席,天水市诗词学会会长。

春 柳

二月春娘手艺高,剪刀裁出绿丝绦。
柳妮不屑云鬟样,对镜河边画叶毛。

读习总书记在正定有感

书记求贤访众人，贾生才调世无伦。
可歌夜半趋前席，又问兴邦问富民。

注：贾生，指正定县作家贾大山。

问凌霄塔

凌霄宝塔入云间，天上人言听可讪。
华夏飞船驱玉兔，嫦娥可想把家还？

沁园春·贺母校北京大学建校 120 周年

北大华辰，千里返京，万里赴华。望未名湖畔，黄毛阵阵，西门内外，白发哗哗。叙旧参观，寻师访友，接踵摩肩笑似花。须留步，看燕园校史，声震天涯。　　名庠如此奇葩，引无数先贤竞大家。数元培严复，上承下立，适之元善，民主当嘉。周陆诸君，鼎新革故，不息生生国际夸。泽华夏，欲梦圆复兴，薪火常加。

满江红·庆国庆七十周年

七秩韶华,硕果累,一星双弹。天眼望,嫦娥奔月,七星巡岸。六万里高驰铁路,七千米海深潜舰。五G传,奥港澳湾桥,雄安灿。　　戊戌败,辛亥篡,南湖会,红军建,举长征抗日,新生华甸。甩掉白穷华夏富,开通带路全球变。奋力干,民族复兴时,神州绚。

张友渲 1946年生,甘肃省天水市麦积区马跑泉镇人,供职麦积山风景管理局,天水市诗词学会会员。

醉桃源·和梁军先生

中华石窟四明珠,麦积当道殊,幽峰秀壑畅心图,游人醉也无?攀险径,腾通途。彤云到眼铺,诗情画意凭栏书,笔拙景难涂。

题《雪山登高图》

一夜北风雪满山,袭来朔气马难前。
登高扶杖山林趣,极目远观别有天。

题《春江渔隐图》

一峰雄峙大江边,万倾碧波拥渡船。
桃李争荣迎客笑,春风绿遍野山川。

山岗 1947年生,甘肃省徽县伏镇人。任天水市审计局局长、市体改委主任、市科技局局长等职,天水市诗词学会会员。

为纪念马克思诞辰200周年暨《共产党宣言》发表170周年而作

(一)

寰球未绝炮声隆,久历沧桑顶逆风。
资本剖心弥两纪,宣言问世唤劳工。
开蒙应谢先贤智,醒世因留巨著丰。
路带丝绸兴未艾,神州展翅势如虹。

(二)

过眼风云辨异同,五洲几处看旗红。
苏欧厦倒惊星汉,擎帜中华仰马翁。

真理遥寻心耿耿,长征劲迈步匆匆。
悠悠壮史谁书写?但信人民是英雄。

感多省市援鄂医疗队凯旋兼迎家乡医疗队返陇

阴霾渐散鹤楼高,送别歌声震九霄。
迎难逆行天使降,救命夜守白衣憔。
英雄壮举温华夏,勇士宏胸涌爱潮。
胜利凯旋功永镌,来年再赏水迢迢。

观母校题名悼袁隆平院士

五洲旗半悼隆平,陇上悲风忆校名。
辛育栋梁崇巨匠,畅游学海报恩情。
汗滋稻浪连天涌,身驻田头赤胆诚。
但得年年丰讯至,九泉含笑告袁卿。

南歌子·贺天水市老年大学合唱团赴川展演获钻石金奖兼赠挚友利民

巴蜀歌声亮,秦州翘楚襄。惊人战绩慰家乡,团队齐心协力、共荣光。　　花甲雄心壮,高音意气扬。登台犹似少年郎,不逊当年模样、彩盈堂。

黄进程（1947—2011）　甘肃省天水市甘谷县盘安镇人。甘肃省诗词学会、天水市诗词学会会员。

与袁第锐等诗界名贤登陇右大像山

一

丝绸道上誉明珠,百里烟霞入画图。
大佛神奇朱岭秀,问君比得乐山无?

二

文坛聚会喜空前,少长咸集大像山。
幸有名贤歌盛况,联吟妙对更相传。

三

遍野山花烂漫红,俏枝翠影慢摇风。

殷勤甚觉诗人意,笔遣春风尽妙工。

　　　　四
宇殿神宫百世雄,檐飞廊走势凌空。
仙人帝子知何去,留得先民造化工。

姜维纪念馆落成感作

智勇双标一代雄,扶危图治建奇功。
力承汉相兴王业,匹敌魏曹报主公。
西蜀英灵泣壮烈,中原戈马战倥偬。
溘然乍饮阴平恨,血谱春秋剑阁红。

刘凤翔 1947年生,甘肃省天水市秦州区天水镇人。秦州区天水中学高级教师,甘肃省诗词学会、天水市诗词学会会员。

石门游

闻道石门险,驱车作壮游。
峰攀猿鸟怯,涧度樵耕愁。
梨白山家树,椒红野寺秋。
城居多纷扰,涤俗此淹留。

答台湾艺文交流协会会长史元钦先生画展柬邀

衡阳雁断路千重，翻覆风云一水横。
梦绕程门人万里，魂牵蓬岛月三更。
凋颜未必因诗瘦，病骨何堪乍雨晴。
聊借南枝栖彩凤，寒灯独剪又鸡鸣。

过铁堂庄怀姜维

陇上风烟羽檄飞，横戈直透九重围。
许身汉祚安然系，掣肘权臣心事违。
九伐忠勤纾远志，三分困顿误当归。
垂成功败英雄血，空吊巴山泪湿衣。

秋日感怀

拥书竟日独抱衾，两鬓惊看白发侵。
笔拙方惭功底浅，诗穷始悟化机深。
杞天空抛感时泪，疏学羞言报国心。
莫嗟东风抒望眼，聊凭骥足壮云襟。

步其超诗兄见赠原韵

少壮投鞭足断流,华年驻马弃吴钩。
悬壶偏爱嚣尘外,坐帐频涉陇水头。
残菊喜逢佳日放,新诗好趁晚晴收。
渭滨唱和聊堪慰,不息衰颜秉烛游。

王登祥 1947年生,甘肃省天水市秦州区天水镇人。中学教师,甘肃省诗词学会、天水市诗词学会会员,著有《铁堂云影记》。

鹧鸪天·中秋怀母

云影徘徊孤雁鸣,依稀阿母唤儿声。举头遥指月光缈,娘在瑶池第几星? 人已去,训犹铭。伤情最是冷萱庭。出门不听嘱归早,入院无人叫乳名。

暇日即兴

疏梅映户竹敲栊,琴壁书城不觉穷。
卯仗青霜八卦掌,酉挥斑管九成宫。

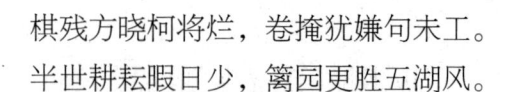

棋残方晓柯将烂,卷掩犹嫌句未工。
半世耕耘暇日少,篱园更胜五湖风。

祁山谒武侯祠

峭峰突兀射苍穹,雾绕危祠夕照中。
遥指巴山云栈远,俯巡汉水陇川通。
修身戒子遗书简,尽瘁鞠躬表寸衷。
借得先生诛谡剑,扫除饕餮正时风!

秋末有感致诗友

卅载挑灯老此身,约违柬诲感衣陈。
堪怜篱菊侵霜露,不侍东风染俗尘!
桃李成荫曾有梦,雪云初霁正逢春。
茫茫世事当舒眼,何必追鞭步杞人。

生辰有感

五秩烟云一梦欢,力衰日渐感时难!
心如白雁思高远,运比黄花耐寂寒。

洞世勿须惊胆破，持家宁可愿衣单。
老夫生性偏怜马，枥下羸躯不卸鞍。

闫陪辇 1947年生，甘肃省天水市麦积区渭南镇人。中医师，中华诗词学会、中国楹联学会、天水市诗词学会会员，出版诗集《百草斋杂咏集》《击壤集》。

八声甘州·陇坂秋

望残阳夕照雨零丁，关山暮云秋。觉西风渐紧，陇头水墨，隐约高楼。是处羊肥牛壮，纵马大关道。惟见天河水，咆哮东流。　往事悠悠千古，乃兵家争地，汉武鞭投。有杜陵足迹，策杖史诗留。憩秦亭牧歌余韵，越几时好雨伴归舟。看今日阿阳铺锦，壮美西州。

瑞鹤仙·悼马汉江先生

觉寒潮入幕，已昏月西沉，冻冰犹薄。连天骤风掠；恨无常难驱。少年修学，老成力作。想当年，诗社共酌，结同心，敲韵谈经，十几度梅花落。　寂寞，诗魂何在？雪掩云程，步跷难挪。三生悔约，鸿愿更待谁托！觅知音，琴抚高山流水，归梦萦《分水阁》。却伤心，泪洒秦川，哀声绕郭。

《秋兴》八首选二

（一）

清露晨风过树林，山川一望气萧森。
落英雁影连天碧，衰草蛩声彻地阴。
莫道黄花知我意，依稀红叶蕴诗心。
光华最是中秋月，聆品嫦娥药杵砧。

（二）

果熟鱼肥日影斜，荷残菊艳已繁华。
三声雷电桑间雨，一道飞虹天上槎。
星斗阑珊闻社鼓，金风轻啸忆边笳。
中秋过罢重阳近，邀友登高鬓插花。

和梦之先生

韵海律波情结带，键盘蛛网作书邀。
词山玄奥光明显，诗道渊源日月昭。

坐看清溪生潋滟,攀登峻岭更妖娆。
同行都是风流客,携手狂歌戴柳条。

郑子林 1947年生,天津人,供职于天水供电局,中华诗词学会、天水市诗词学会会员。

咏仙人湖畔迷彩松

伫立湖边迷彩松,神奇造化妙无穷。
雄姿郁郁看苍海,碧水清波无限情。

张川采风行

人间五月正芳菲,诗友相邀出上邽。
宣化冈前寻旧迹,风情园里映霞辉。
同心桥畔迎宾客,云鼎陶房展壮威。
最爱回乡山色秀,花儿漫起绕云飞。

谒姜维墓

伯约祠前草木凋,犹闻剑水鼓声号。
将军孤胆心存汉,赢得忠魂青史标。

奚沛 男,1947年10月出生,天水市麦积区人,笔名小陇山人,原花牛镇政府干部,天水市诗词学会理事。

饮 茶

泉中汲凤嘴,坛里取龙团。
瓦缶煎明月,金杯泻玉川。
津生云外鹤,气吐泽边兰。
甘苦理谁悟?神清身欲仙。

春 风

东君调遣驾云车,一夜关山到万家。
笼日轻云飘细雨,荒原芳草染晴沙。
桃腮吹破娇千媚,柳眼催开笑百花。
休怨黄莺啼梦醒,春雷微滚动龙蛇。

秋　怀

昨夜金风上玉楼，珠帘漫卷月如钩。
青山憔悴千溪怨，黄叶飘零万木秋。
日月无根天不老，沉浮有定事多忧。
渭滨野老清闲惯，一捧书兼茶一瓯。

秋　色

我言秋色胜春朝，万紫千红霜后娇。
陌上粮麻更蔬菜，盘中果柰又葡萄。
玉蟾有赠辉蓬筚，金菊无声慰寂寥。
老朽虽为尘外客，欣然把酒对良宵。

九日登南山

峻岭崇山何处边？云流风动起波澜。
霜天秋野雄鹰健，古柏荒烟萧寺寒。
崖畔黄花怜落叶，林间白石唱清泉。
只缘城市喧嚣甚，无事有闲乘腿坚。

马汉江（1948—2016） 笔名文直，甘肃省天水市秦州区秦岭乡人。供职于兰铁天水机务段。天水市诗词学会会员。

游曲溪

闹市身离后，和风扑面多。
奇花开绿野，怪石卧清河。
曲水撩人趣，青山惹鸟歌。
游人齐赞叹，美景助诗波。

吟分水阁

古阁名华夏，常房妙趣多。
山途分蜀陕，脊水绝江河。
秦地奇观大，神州怪屋峨。
电波传像远[①]，客众起欢歌。

注：①分水阁在中央台12频道《秦岭访探》反复播放。

浪淘沙·北戴河看海

大海喜初看，白浪滔天。东升红日笑开颜。忘却余身安何处？波舞人欢。　　西北旱无澜，惜水如钱。若能携水灌家园。春绿秋红黄土地，陇上江南。

诉衷情·谒孟姜女庙

当年万里觅夫君，痛哭倒长城。范郎尸骨何处？故事少时听。真烈女，世常名，永神灵，云消看海，水落石在，真爱为凭。

庆祝建市、诗词学会成立廿周年

好雨随春到，图新二十年。
机声欢靓市，麦浪唱丰田。
科技神工叹，旅游远景妍。
诗人吟两庆，佳句可盈天。

缑建明 1949年生，甘肃省天水市秦州区人，中华诗词学会会员，出版诗集《五梅堂诗集》。

早 春

春色向人露未干，游情促我欲登山。
几年萧寺听鹅唱，一日烟溟看燕还。
老圃虬枝芽累累，荒崖雄雉影翩翩。
门前辙迹看渐少，我在白云高路端。

梅堂咏

年年社鼓响村前，赤谷遥连驿道弯。
一夜西风荒院菊，半池寒水冷荷烟。
苍山如睡云遮月，小阁无茅雪漏檐。
乱絮窗前飞上下，犹知春讯正姗姗。

江南归来

骑鹤腰缠万贯钱，昔人访胜到江南。
我有青山纸上卖，莺随绿意柳中喧。
脍鱼当入八珍宴，莲女轻摇半橹烟。
一曲南歌听不尽，还乡有梦在蓬船。

又到莫愁湖

营日客游到莫愁,西湖偏瘦卧船游。
藕阴荡尽随流水,柳絮扶摇上酒楼。
不觉光阴空日月,唯独人物老春秋。
秦淮河畔柳依旧,故燕笑吾也白头。

移居诗

城郭楼高竟未央,半山星斗手扪狂。
依栏犹见鹤临牖,隔案可听雉打窗。
已远鸡虫终日竞,不闻车马倚门长。
醉书狂草一千字,犹见龙蛇舞草堂。

李桥 1949年生,女,河南省洛阳市人。供职中共天水市委党史办公室。甘肃省作协会员,甘肃省诗词学会会员。天水市诗词学会副会长,著有四人合集《四清集》。

扫花游·咏牵牛花

粉红玉紫,绚丽竞丹霞,蔓爬藤架。竹篱树杈,更庭前院后，遍生牵挂。敞开心扉，绽放一生潇洒，报佳话，爱晴岚淡雾，氤氲如画。　　只把朝晖嫁，纵雨打风欺，不甘檐下。朝开暮谢，任娇讽艳刺，岂攀风雅！大地情深，难得真情无价。志难罢，向云天，笑吟春夏。

沁园春·步恬园师《秋意》韵敬和

　　气爽天高，草木凝华，又到素秋。见丹枫胜火，层林醉染；金株刈熟，晴野芳流。百样心情，万般意绪，多少欢欣多少愁？伤怀是，怨人生苦短，一似蜉蝣。　　韶光若可回收，把锦瑟华年俱挽留。愿春风伴我，天涯吟旅；书山践梦，学海圆周。作甚悲犹？有诗有爱，有爱心头有绿洲。秋光里，趁满天霞彩，夕照新钩。

锁窗寒·悼故人

　　寂寞陵园，冥烟暗合，问君何处？灰飞焰冷，纸祭顿成灰土。叹人生、几回梦萦，韶华一瞬斜阳暮。愧重逢晚矣，我今来吊，竟成伤古！　　河浦，青春路，正豆蔻初开，一怀情愫。英男俊女，未敢心声轻吐。历多年，方释错疑，好丹恰被非素阻。隔红尘，两界难通，怎向君前诉？

忆萝月·邂逅

相逢小道，邂逅谁能料？我叹流光人已老，她道伊还蛮好。江南别去多年，梦魂日夜萦牵。聚散缘随天意，好人一世平安。

水调歌头·敬献给抗洪抢险的解放军将士

宣泄太空水，天地乱云翻，排山倒海而下，肆虐向家园。告急三江两岸，危急千钧一旦，举国俱心悬。神速降骁勇，布阵大潮前。　堵管涌，垒围堰，涉泥滩。舍身解难，拼死擎起一方天。筋骨拦洪结网，血肉筑成堤坝，鱼水续奇缘。浪打长城固，威壮好河山。

邵凯 1949年生，甘肃省天水市秦州区杨家寺人，中学退休教师。

悼马汉江同学

诗海泛舟吟诵狂，含情寓理胜花香。
探寻文脉地方志，汉水东流汇大江。

蒲珩画赏后

写山写水写花卉，泼墨丹青耀眼新。
玉在椟中无善价，只缘伯乐未识君。

河堤漫步

朝霞灿烂沐和风，漫步河堤任我行。
溪水弹琴迎小鸟，农人犁地唱歌声。
麦田块块油油绿，老树排排郁郁青。
莫道乡村偏僻地，万千气象曙光明。

谢赵恒杰先生赠诗

有幸相逢续故缘,育人志趣逸心间。
指研翰墨精神醉,腹有诗书眼界宽。
举酒千杯方恨少,吟诗一夜更觉欢。
桑榆莫道东隅逝,旭日升腾可染山。

赵立坤 1949年生,甘肃省天水市秦州区人,天水塑料厂会计,中华诗词学会、甘肃省诗词学会、天水市诗词学会会员,著有《赵立坤诗选》。

华 山

足踏西秦小华山,游人早过九重关。
登临应是最高处,一笑长留天地间。

黄 山

陇上狂生到此游,挥毫石上把诗留。
一松知礼恭迎客,休骂黄山尽木头。

金城夜月

多谢隔窗将我陪,故乡何夜与君回。
高高在上默无语,冷面美人心属谁。

诸葛军垒

诸葛遗留点将台,中原未取叹雄才。
祁山野老开门望,不见军师七度来。

净土寺

红尘远隔一千秋,早把横流物欲收。
但慰人间留净土,名山宝刹在秦州。

杨玲玲（1950—2016） 甘肃省天水市秦州区人。天水市交通局工程队会计，甘肃省诗词学会、天水市诗词学会会员，出版诗集《莳兰集》，与诗友合著《四清集》。

满江红·重阳节怀外子

外子因公事独赴川西开矿。辛苦数载，终无结果，直逼得心累神疲，欲诉无门，叹家人不能团聚，泪如雨滴。

佳节难逢，况又是，风摇雨落。寒楼外，更深人静，露冷蛩涩。孤枕半欹难入寐，纱帏懒挂今非昨。念天涯，何日是归程，音书隔。　　伤心事，凭谁说？伤怀景，添萧瑟。叹关山路远，经年成各。乱雨敲窗心欲碎，霜风吹竹声如剥。泪潸潸、滴透枕边衾，心悬着。

浣溪沙·芦苇

月满寒江影孑然，望斜北雁望南天。断鸿声里梦年年。　　但觉春情怯冷雨，岂知秋意上华颠。为谁苦苦待江边？

水调歌头·310国道牛背段竣工感赋

东岔春来早,青绿上峰峦。滔滔渭水如带,随处鸟声喧。眺望沿河一线,来去飞车百里,甘陕喜相连。极目秦川里,国道入云端。　　山水阻,危石耸,吊桥悬。劈山铺路,更看今日写新篇。生命瞬间闪烁,壮岁何堪虚度,潇洒著先鞭。开发家乡地,浩气贯长天。

奉和恬园诗翁《沁园春》秋意

碧水长天,才过初春,已是商秋。正金风乍起,白云洒脱,银霜始降,红叶风流。菊吐清香,山铺碎锦,云淡天高不问愁。平生里,羡凌空鹜鸟,不屑蜉蝣。　　童心一寸难收。唤细雨时风暂逗留。到昆仑绝顶,探之九遍,大漠边缘,绕他三周。普降甘霖,遍苏衰草,片片荒原呈绿洲。凝眸处,有长河若带,素月如钩。

浣溪沙·听胡宝琴女史抚琴

昨夜霜娥着绮罗,婷婷袅袅步烟纱。此情此景九天多。 流水轻柔风雅曲,浮云淡远凤箫歌。尘心端被镜心磨。

邵全尧 1950年生,甘肃省天水市秦州区杨家寺人,中学教师。

向日葵(新韵)

四野金盘灿,参差叶伴花。
晨迎旭日近,晚送暮云霞。
遍地生机盛,漫天瑞气佳。
浑身均是宝,翘首赞农家。

红桥咏(新韵)

天公巧夺甚妖娆,横跨耤河气韵高。
巨臂凌空红日照,钢绳力顶彩云飘。

耸天楼影亲湖水，梳柳霓虹饰碧霄。
盛世和谐发展快，羲皇故里竞风骚。

习字有感（新韵）

倾心翰墨慕前贤，养气挥毫意在先。
和雅从来高古意，新奇总现价值观。
行舟向月静心涌，滴水朝石意志穿。
草隶兼融生妙趣，闲舒健体自天然。

咏菊（新韵）

天公造就净洁身，花卉斑斓胜万春。
霜染重阳初蕴秀，香飘四野始流金。
词家敲韵凝节气，圣手展纸绘骨魂。
把酒东篱千载后，登高携友赏舒云。

王钧钊 1950年生,甘肃省天水市秦州区人,主任编辑。担任电视连续剧《毛岸英》编剧,获28届"飞天奖"一等奖。与王阳文合作创作的白马文化长篇神话史诗《白玛娜木》,获北京市《文荟北京》诗歌一等奖。

梅

迎冰傲立敢称雄,铁骨枝头无限情。
烧透乾坤一片雪,奇花万点照天红。

兰

卓尔不群君子风,志洁高雅显纯真。
玉花碧叶出岩缝,透魂心香醉世英。

竹

节节向上总虚心,秀影婆娑四季青。
岂止箫笛飞雅韵,竿揭锋锐战秦龙。

菊

自甘寂寞经春夏，一展霓裳向晚霜。
万紫千红掀彩浪，此时秋色胜春光。

侯金保（侯京保） 1951年生，甘肃省天水市秦州区皂郊镇侯家山人，天水市运管局总经济师，高级经济师。中华诗词学会、中国楹联学会会员，甘肃省诗词学会会员，天水市诗词学会会长，天水市楹联学会副会长。有《三余杂录》一书由中国文联出版社出版。

天水诗词学会三十二年有感

风骚事业赖谁牵，数代文人谱巨篇。
天水诗词将面世，渭滨吟草创空前。
高坛今日培新手，学会他年树大贤。
无限江山凭我唱，千红万紫更争妍。

香港回归颂

金瓯曾缺百余年,隔断江山魂梦牵。
绘画蓝图凭巨匠,构思两制仰先贤。
昔时热土方回首,此日雄师正卫边。
痛定而今人奋进,整军强国史无前。

乒乓颂

乒乓争雄遍宇寰,悲欢交替总缠绵。
刀光剑影惊神鬼,曼舞轻歌和管弦。
老少乐康多惬意,国邦信使亦领先。
从来生命常苦短,愿作流星世界旋。

浣溪纱·贺新中国七十华诞

三座大山压百年,豺狼虎豹逞凶残,黎民数亿受饥寒。　　赤帜始开新世界,神舟万里太空抟,中华昌盛更无前。

注:抟,义为腾飞。

满江红·建党百年颂

近代神州,开眼望、民生凋敝。数志士、不畏险阻,探求真理。七月浦江星火耀,八方华夏风雷起。举赤旗、推倒三座山,惊天地。　　新时代,扬正气。圆国梦,韶光瑞。乘清风荡漾,颂歌云际。百载辉煌成大业,千秋伟绩垂青史。看而今、引领绘宏图,江山美。

李秋明　1951年生,甘肃省天水市秦安县兴国镇人。供职407医院,天水市诗词学会副会长。

游峨眉山

楠影松风寺肃陈,猢狲窃食甚欺人。
苦攀金顶崎岖道,为看峨眉月半轮。

雨后即景

昨夜雨声来入梦,今朝却喜艳阳天。
红花遍地滋春水,白雾盈湾染绿泉。

鸟唱平林呼觅侣，牛哞四野正耕田。
官人莫问公粮事，今岁农家是稔年。

游石门

久居闹市不知春，百里寻芳到石门。
绿水涟涟花解语，青山绰绰鸟鸣晨。
日熏土径犹生雾，斧劈石崖尚有痕。
安得同心三二子，朝朝暮暮伴仙人。

读侯京保先生《三余杂录》有感

墨香熏枕夜难眠，深感君心可鉴天。
侯府犹知世疾苦，官场不忘众悲欢。
三余结集讴时代，一世放歌唱主旋。
读罢万端无处寄，莫教八斗付流年。

念奴娇·赤壁怀古

大江初临，望云水，时空悠然翻阅。三国神游，人道是，诸葛周瑜俊杰。以此怀疑，硫磺野草，烧尽曹兵骨？东南风逆，更将江浪吹歇？应叹人间相残，功名难就，生民流血。赤壁烟尘，年七十，遗火燃烧不灭。运转时来，今朝无事，又不相争夺。弹冠相庆，与英雄永分别。

姚世宏 1951年生，天水市秦州区牡丹镇团庄人。甘肃省高级工程师。曾任中国移动通讯集团甘肃有限公司董事长，总经理。现任甘肃省政协常委、省通讯企业协会会长、甘肃省诗词学会理事等，著有《御心集》。

在访澳洲感怀

无边风雨几经秋，赴澳华年步四游。
浪去潮来归物理，风徐雨细润心头。
繁花绿树长舒眼，笑语欢歌一路流。
且把此行付流水，与君凯旋唱神州。

西岳南峰

落雁峰高景致稠，层林如黛起鳞游。
陈抟谢论旌黄表，宋祖省棋赐画楼。

闻说幽深贤可隐,不知浮声士难留。
云闲天淡烟波起,华兵归来忆九幽。

无 题

运当蹇舛亦淡然,心静无波且等闲。
诗酒放歌追阮籍,荷锄摇印羡陶潜。
清风尽送凌云志,白屋常修枭性禅。
俯仰人生非作戏,半归俗子半归仙。

蒋望宸 1952年生,甘肃省天水市武山县榆盘镇人。武山县文化局长,甘肃省诗词学会理事,天水市诗词学会会员,出版有《蒋望宸诗文集》。

贺宁远书画院隆重成立

古城历史久悠悠,画叟书仙寓意稠。
翰墨千秋传雅韵,丹青百卷写风流。
弄潮冲浪开新局,泼彩涂朱誉陇头。
难得"双节"①同日至,轻歌曼舞月盈楼。

注:① 2001年国庆、中秋双节同至。

甘肃画院会赵正院长有赠

邂逅武城赏简章,斑斓书意墨流光。
艺坛重尔千秋笔,秦韵汉风四海香。

悼乡贤张君义画师

一

才见艺名传九州,又闻冥币祭坟头。
昏灯泪悼画星落,灵慧缘何不寿秋。

二

诗酒人生意气豪,"画坛狂士"享名高。
花姿香韵传千色,笔底波澜满渭洮。

温毓峰 1952年生,天水市麦积区新阳镇人。天水作协、诗词学会、杜甫研究会会员,著有工具书《汉语语法修辞简明手册》《中华辞韵通典》等。

藉河风情线闲吟

夹岸风情野趣多,千红万紫缀堤坡。
草衔春梦花流韵,水送秋波石放歌。
步道梭行人矍铄,河灯龙列影婆娑。
一轮月镜出湖底,疑是蓬莱巧匠磨。

天水湖掠影

群仙剪碎汉河星,化作瀛池活水清。
花雨芬芳缀天府,湖光潋滟润龙城。
霓虹明灭总无影,火树阑珊疑有声。
十里长堤百重景,半川烟霭半川晴。

注:天水湖,旧名瀛池。传天河注水成湖,天水因以得名。

春日夤夜抒怀

夜来忽梦隐南山，横卧高丘笑大千。
浅酌白云焉用酒，轻弹明月曷须弦？
雾时闭岫煮清韵，晴日开怀拥碧天。
漫向鸡窗搜野趣，书成未必不空前。

春归新阳古镇即兴

柳絮飞时归故园，物华入眼爽心田。
四山环抱丹青郭，一水中分锦绣川。
有序桃林花满甸，无边风月景空前。
香岚熏得行人醉，直把朔天当楚天。

南山古柏

春秋古柏壮南郭，吐秀托云浮翠屏。
杜圣传诗吟老树，游人摩顶仰空庭。
山生奇木加禅院，水孕湫池钟异灵。
更幸佛光盈陇坂，物华天宝耀群星。

阎胜利 1952年生,甘肃省天水市秦州区太京镇人,供职乌鲁木齐铁路局。

秋日登麦积山(新韵)

秋山逢雨翠,涧壑起松涛。
壁錾千佛洞,崖悬百栈桥。
烟云腾雾日,瑞气上重霄。
天造麦积秀,秦州尽富饶。

秋访卧虎山庄

叠嶂摩崖歧路长,盘旋九曲访山庄。
传闻昔日林藏虎,眼见如今坡牧羊。
涧底泉流沙澄水,陇头云起夜凝霜。
鸡喧犬吠炊烟袅,晚照东篱薜荔墙。

〔双调〕折桂令·天水净土寺

追寻妙境禅林,翠色湖山,幽谷云深。宝殿庄严,佛光普照,福乐常临。 向往莲花世界,素怀嫩柳甘霖。净土梵音,鹤梦松篁,善化凡心。

〔双调〕折桂令·宁夏沙湖

周围遍地黄沙,镶嵌明珠,碧水无涯。唤友呼朋,游湖放棹,击浪飞艖。　人跨高驼坐驾,风吹丛柳蒹葭。远看鸥狎,近赏荷花,落日(一抹)残霞。

踏莎行·青海湖二郎剑景区

丽日碧空,微波沙岸,云翻四野团团乱。飞舟激起雪梨花,万顷湖水蓝如缎。　王母瑶池,仙人琼宴,醉中遗落二郎剑。盛装藏女舞翩鸿,悠悠佛乐经幡绚。

赵恒杰　1952年生,甘肃省天水市秦州区秦岭镇人,中学教师,中华诗词学会会员,中国楹联学会会员,天水市诗词学会会员,出版诗集《放飞杂咏》《秦源吟稿》。

天水诗词学会吟友喜聚秦岭中学并再咏分水阁

群贤诗友聚学堂,采撷吟风诗品香。
分水檐前观胜景,砚台山下论沧桑。

千秋殿宇耀秦岭,百载传奇焕瑞章。
先哲光华须探究,今朝杰阁远名扬。

大寒偶得

朔风淫威狂,冷极凝寒霜。
遍地银装裹,漫天雪飞扬。
千山兽匿迹,万壑鸟深藏。
惟有红梅俏,香沁报春光。

满江红·拜谒岳王庙

千古悠悠,遥问宋,风波亭畔。凭莫须,屠刀魂散?气冲霄汉。半壁河山天欲坠,飘摇社稷船燃缆。岳家军,抵挽澜前,硝烟散。　　平雪耻,歼敌难,功将半,成奇案。而今煌煌庙,敬仰齐惋。身后威名乾坤转,生前喋血风雷赞。谢天公,洗净大悲冤,由民断。

任遂虎（1952—2019） 甘肃省秦安县王铺乡半墩村阴湾人，西北师范大学文史学院教授，硕士研究生导师，曾宪梓教育基金奖获得者，甘肃省优秀专家，中国青年写作学会副会长。著有《中国文化导论》等10部专著，时有诗文问世。

垦地种花（新韵）

学校旧文科楼后有一树坑，树早已无，坑地空置，其间多石砾。余以镐尖垦之，植以花，以寻乐趣。

一

一上餐桌一惑然，不劳而获愧黎元。
负犁欲向山乡去，何处还存未垦田？

二

久住高楼大院间，柔风润得体绵绵。
手凿一席荒芜地，且凭热汗洗腻闲。

高阳台·除夕夜

礼炮隆隆，焰花四起，长笙短笛同讴。华表尘封，谁人洗去灰垢？荧屏一片融融乐，众流莺，摆尾摇头。闪红灯，绿酒喷香，醉了春秋。　　流光似水青丝变，且阴晴雨雪，星月凝眸。北户西窗，冷风暖气交流。纸钱烧醒儿时梦，怎寻他，慈母温柔？一追怀，顿触心酸，涌泪花稠。

浣溪沙

一

一夜微凉惹梦轻，广寒宫里冷娉婷。桂花寒落洒银屏。　　雾竹烟萝凝瘦态，枯枝黄叶不流青，乡关何处觅华龄？

二

曾历风波幸晚晴，无端往事绕黎明，此生鸿断盼鸥盟。　　细雨清茗消奢欲，且把秋山作钟鸣，他年相约拾余情。

程凯（1953—2010） 甘肃省天水市秦州区人，天水市文联主席。天水市诗词学会会员，与人合著有《羲皇故里楹联选》《羲皇故里联话录》二书。

七 律

岂有言行如棣贤，渭南珠玉泻毫端。
楹联赏鉴述真品，装裱精工补旧篇。
自号拙牛喜拓古，诗追老杜有诠禅。
曩年忆我铁炉[①]客，岭上牧歌卷夕烟。

注：①王岗学友老家在秦城西端铁炉峰下。余下乡时曾居此。

纪念诗人柯仲平

谁识当年柯仲平，诗人革命领先声。
迅翁[①]宅里寻常见，跃上书桌诵激情。

注：①指鲁迅先生。柯仲平曾去鲁宅时，跳上书桌朗诵己之诗作，迅翁笑而容之。

新岁接兰垣陈兄诗柬，原玉奉和

黄河已许澄清年，额鬓生忧不笑斑。
位显有德风两袖，神明无影剑一悬。
白云苍狗本来幻，砥柱中流谁称贤？
岁岁但祈如恺弟，相将传语报平安。

杜松奇 1953年出生，甘肃省陇南市成县人，任中共天水市委副书记、天水师院党委书记等职，主编《天水历代诗歌选》等。

伏羲文化节感赋

同根两岸拜羲皇，一划开天信有方。
铸剑为犁须放眼，振兴华夏续辉煌。

重读《县委书记的榜样——焦裕禄》
（古风）

重读焦君传，情动涕泪涟。
伟哉焦裕禄，英名满人间。

兰考存"三害",受命时维艰。
立党本为公,民瘼心如煎。
救灾浑忘我,送暖雨雪天。
不嚼人唵糇,调查邑四边。
廉洁尘不染,教女鄙特权。
积劳致痼疾,肝疼坐椅穿。
鞠躬真尽瘁,骨埋沙丘巅。
风范永不朽,吾党多俊贤。
时光虽移易,精神岁岁鲜。
学习焦裕禄,后继续新篇。

秦安桃园即景

神笔难描万亩桃,紫云赤锦一川烧。
是谁引得春风到,染遍旱塬红雪涛。

参加省政协六次会议闻余退休获常委通过感赋

散议匡时满四春,穷年矻矻认惟真。
赤诚不为言微减,忧患却因日益频。

卅载蹉跎游宦海,一朝退隐是闲人。
释然何若而今好,鸥鹭逍遥作比邻。

张津梁 1953年生,甘肃省天水市秦州区人,天水市市长、兰州市市长,甘肃省政协党组副书记副主席,著有诗集《诗海拾贝》。

寒春车过冶力关

风追雪雨倒春寒,绿拢纱蒙冶力关。
琉璃欲滴生近树,哈达似起覆前山。
瀑悬有水落声瘦,林泠无人行路宽。
观景停车方踱步,霏霏细雾打衣衫。

吟端午

雄黄五月病皆煞,万户屠苏尝粽花。
正佩香囊祈好运,斜插嫩柳认福家。
牵童踩露河边景,敬老归厨灶上虾。
盛世逢节人更乐,寻缘谁共问沉沙。

江城子·母亲节

少年谋业路茫茫,待出房,意彷徨。移步回头,娘亲送门旁。衣襟难拭两眼泪,慢叮咛,紧系裳。　　忽觉两鬓已苍黄,人奔波,事繁忙。偶有闲暇,妻女共还乡。老母抚孙话短长,仍嘱咐,莫牵肠!

永遇乐·陪孙童游乐场中

春旅京华,与孙同乐,嬉声稚语。木马滑梯,流年正在,童趣斑斓里。奇思异想,腾云入地,总是天真无忌。忽趔趄,彩球跌落,引得奶爷惊起。　　迷宫失径,明花暗柳,也似前程秩序。猫侧狗伏,陆离光怪,曲处多诡秘。未来幻景,往世遗事,眼下都作游戏。当知否?凭得摔打,儿时勇气。

七言四十韵庚子抗疫歌

神州万里艳阳天,已亥时逢腊月关。
百姓张灯辞旧岁,千家结彩续新年。
忽传疫染晴川地,怎奈雾遮芳草间。

国士南山亲抵鄂，赤心贤者敢直言。
千湖无浪寒风起，三镇有情国运牵。
楚地封城宁断腕，神州遇险应无眠。
年逢庚子灾星乱，岁首神州大疫延。
领袖一朝明判断，家国共济抗瘟顽。
天庭浩浩传檄令，地脉微微蕴暖寒。
百姓防瘟无聚集，千城避疫少车船。
充屏疫讯英雄事，闭户情联荆楚关。
十里风寒摧草木，九州疫恶起波澜。
千流百水奔江汉，暮雨朝风总动员。
兵帐三千雄楚地，军民百万镇中天。
方舱医院成支柱，雷火神山镇逆顽。
踊跃各方医护队，存亡大爱杏林园。
白衣济世银灯亮，勇士别家赤帜悬。
阻断存亡门里外，融通生死喜悲间。
千舱取义扼时运，四海舍身守永安。
驱瘟纾难汉阳路，保境安民鹦鹉滩。
巡弋社区察病症，检查道口堵疑难。
粮油果菜送孤老，冷热暑凉问暖寒。
志愿组成服务岗，无私奉献党团员。
风侵荆楚云方暖，日照神州雨未寒。
抗疫有方夸体制，凝心成众共音弦。
长河东去邀江汉，大浪高歌入海渊。
万众心齐扬正气，一朝疫缓暂释然。

归鸿路远别黄鹤，散雾云高荡彩鸢。
有序复工随律动，无忧开课上屏连。
忽闻瘟疫全球起，报道阴霾域外旋。
摩登东亚失玫瑰，浪漫西欧患紫兰。
常叹但丁留炼狱，方知伊甸弃春园。
万千生命遭涂炭，无数家庭陷倒悬。
恨爱同心情未已，喜悲失据理何堪。
全球命运共同体，直面存亡相互担。
荆楚归来国有令，支援怎让马歇鞍。
异山共水曈曈日，携手并肩朗朗天。
静水常忧潮汛近，长堤也惧蚁巢连。
狂飙漫道从天落，大难当前须志坚。
赤县豪情天地壮，诗人兴会更无前！

郭永禄 1954 年生，甘肃省天水市秦州区杨家寺镇人。天水市食品药品监督局调研员，中华诗词学会、甘肃省诗词学会会员，天水市诗词学会副会长，有诗集《文山愚夫吟草》行世。

净土胜境

幽境知何处，深藏十八峰。
溪潭明似镜，石涧水流淙。

霭冷飘成雨,雰寒结雾凇。
朝阳升起处,莽莽乱云封。

野柳地质公园

野柳雾蒙蒙,游人步晓风。
奇岩姿百态,蕈石诱双瞳。
峭壁蜂窝状,沟渠水窟窿。
女王尊贵像,妙趣自天成。

冬日观鹭

日暮寒风冷,湖周素影飞。
清晨踏浅水,傍晚追霞辉。
应是南方鸟,何栖北塞圻。
为何生此景,佳境诱归回。

石门夜月

石径清幽入翠微,双峰欲锁树成帏。
崚嶒皓月中空起,渺小僧人岭外归。

殿宇临风摇冷照,横桥跨涧乱云飞。
仙山野峻秋霜染,碧落霞天映彩衣。

登泰山

五岳之尊自古雄,深秋扶杖向苍穹。
千阶石径通霄汉,万仞青峰耸阙宫。
凝望丹崖讴墨韵,寻思禹甸仰儒风。
松涛唱响兴邦曲,夕照城环别样红。

缑光福(1955—2014) 甘肃省天水市秦州区人,供职天水轴承仪器厂。天水市作家协会副主席,天水市诗词学会会员。

偶 得

一

寒谷梅枝秀,凌风慕太虚。
形消随影尽,空寂冷香疏。

二

苍茫天地间,心物一浑然。

人在桥中过,桥横碧水前。

三
细雨微风动,花香袭面来。
闲云行又散,明月在胸怀。

四
大千一粒砂,普被显光华。
渺渺清虚境,月明是我家。

胡喜成 1955年出生,甘肃省秦安县凤山人。秦安县文化馆副馆长,中华诗词学会、中国楹联学会会员,甘肃省诗词学会、天水市诗词学会理事,著有《啸海楼诗词集》等。

放歌行

稼轩意远志雄壮,乘风欲破万里浪。
闻鸡起舞生风雨,高歌长吟气豪放。
八荒仗剑骋意马,九霄太白倚城望。
一夜心泉连天涌,满腔热血海潮涨。
投笔还愿请长缨,雕虫小技岂所尚!
纵死犹闻侠骨香,管他夜卧无甲帐。

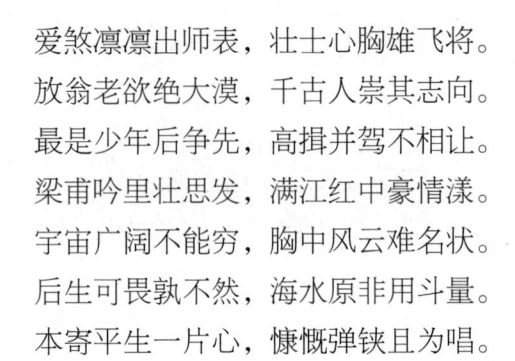

爱煞凛凛出师表，壮士心胸雄飞将。
放翁老欲绝大漠，千古人崇其志向。
最是少年后争先，高揖并驾不相让。
梁甫吟里壮思发，满江红中豪情漾。
宇宙广阔不能穷，胸中风云难名状。
后生可畏孰不然，海水原非用斗量。
本寄平生一片心，慷慨弹铗且为唱。

秦安龙泉寺

司寇读书处，青云我又来。
龙泉犹碧色，老树满苍苔。
寺古钟声晚，风清天籁哀。
还生虚静想，临别首重回。

水调歌头·武山水帘洞

神往水帘洞，碧水挂青峰。河山好处，洞天琼阁玉玲珑。还笑重峰叠嶂，忽有通天鸟道，菩萨现真容。琼树落红雨，灵铎响清风。　　思往事，真醉梦，可是空？拂尽五松佳话，豪兴有渠侬。异日重回首，雪爪认鸿踪。

醉蓬莱

正月圆中秋,陇首花清,桂华流怨。暗理琴书,但徘徊庭院。古调谁弹?雅音何赏?远舞坛歌扇。玉宇星疏,银河夜永,思牵罗幔。　昔忆相逢,倒情倾意,临水登楼,韵珠飞溅。漫步云阡,礼铭心香案。后会遥期,彩云何处?托海池飞雁。牗影莹光,篁声珠露,与帘回卷。

雪梅香

陇山野,雕栏倚槛近中秋。正潇潇丝雨,鸣蛩乱织浓愁。信渺飞鸿紫烟隐,路遥深海碧云流。望天际,岭转雷车,湖失扁舟。　悠悠,叹佳会,顿变沧桑,顿隔荒邱。更悔当时,未曾细语倾酬。临水登山正融洽,镇山秦岭但通邮。凉风起,漫卷诗书,却下危楼。

283

倪元存 1955年生，甘肃省清水县红堡镇倪家村人。《天水日报》总编辑，甘肃省诗词学会、天水市诗词学会会员。

花石崖

花石悬崖耸入云，半空兰若摩苍穹。
蔽天柏桧黄狼洞，匝地烟霞净土松。
栈道天梯惊鬼斧，雕梁画栋叹神工。
人间仙境钟灵气，静看盘龙卧彩虹。

观壶口瀑布

十里龙槽锁大河，人间阅透费蹉跎。
奔流到海终无悔，何惧征途坎坷多。

丙申年重阳节与敬瑞香君品茗

气爽秋高雏菊黄，欣逢知己正重阳。
畅聊今古品香茗，相识卅年情谊长。

吴治中 1956年生,甘肃省天水市秦州区平南镇人。天水市文化局纪检书记、市歌舞团团长,中华诗词学会会员,天水市诗词学会副会长。

访琼崖纵队旧址

质丽南国女多娇,不忍冤仇闹赤潮。
肩弱凛然担道义,手纤愤尔握梭镖。
英豪巾帼灭仇寇,气胜须眉透九霄。
娘子军威谁不赞?至今犹见队旗飘。

翠 湖

渭水朝东阻流坝,翠湖十里接天齐。
百花千树江南景,两岸三桥苏白堤。
采采蒹葭婴宁笑,粼粼波渺鹭鸶迷。
羲皇故里龙兴处,盛世工程为庶黎。

齐寿山行(古风)

群贤诗友会,结伴上寿丘。
云淡暑稍退,风清好个秋。

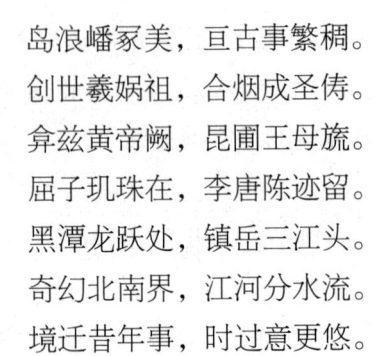

岛浪嶓冢美，亘古事繁稠。
创世羲娲祖，合烟成圣俦。
拿兹黄帝阙，昆圃王母旒。
屈子玑珠在，李唐陈迹留。
黑潭龙跃处，镇岳三江头。
奇幻北南界，江河分水流。
境迁昔年事，时过意更悠。

游新洞寺（新韵）

峰因向日有名传，虎踞龙盘古刹悬。
婉转百禽鸣朝凤，潺湲流水仰高山。
佛门空幻生灵气，仙苑有形隐虹岚。
漏影斜晖催谢客，蔷薇牵袂不得还。

咏　菊

众生瑟瑟冷风衰，唯有仙姝袅袅来。
不就夏芒争炫耀，却凌霜露绽颜开。
冷香国色深秋醉，晚艳天姿妙手裁。
骨傲纵纤真烈士，岁寒节媲友三才。

薛国荣 1956年生,甘肃省天水市秦安县兴国镇人。高级工程师。县农机监理站站长,中华诗词学会、甘肃省诗词学会会员、天水市诗词学会理事。

读杜甫陇右诗有感(新韵)

马折峡谷旅途颠,千里飘蓬意怅然。
游子影踪留陇坂,诗人才气涌喷泉。
天河山寺怡心境,风物人情入画笺。
遍洒珠玑昭后世,半年百首叹空前。

桃园叹(新韵)

盛夏蒸笼罩圃园,桃农锄草竞腰弯。
满筐半夜搭车去,空腹黄昏望眼穿。
暴雪晚春花早谢,高温大暑果纷蔫。
客官都晓鲜桃好,细品谁知甜带咸!

咏女娲(新韵)

娲皇亘古传,千载奉宗前。
抟土纹陶俑,携石补洞天。

顾踪遗野穴，神气壮山川。
驱患女头领，巾帼一圣贤。

大地湾（新韵）

寻溯龙根大地湾，风光远古动心弦。
山清林茂竞奔鹿，日丽花妍争唱蝉。
砼地一方承大殿，陶钵多彩饮甘泉。
先民遍野勤播种，厚土缘何葬故园？

行香子·访农家

日日攀岩，月月绷弦，偶偷闲、偕侣游玩。青苗垂露，碧水流潺。幸访农苑，享农乐，品农餐。　　淅淅春雨，盈盈春色，看百花、烂漫山川。驱车欲返，回首流连。听鸡声唱，犬声吠，鸟声喧。

李蕴珠 1958年生,女,甘肃省天水市秦州区人,天水市药品食品监督管理局会计,中华诗词学会理事,甘肃省诗词学会常务理事,天水市诗词学会副会长,与友人合著《四清集》。

观电视剧《唐明皇》

南内西宫秋草长,狂风吹雨叹三郎。
开元一代明天子,寂寞余生作上皇。

水龙吟·读《逍遥游》有赠

碧空万里风涛,搏云大翼冲天舞。昆仑路远,沧溟难觅,纵横苍宇。深浅银河,参差玉树,从容寒暑。更热忱不减,衷情不改,越山海,乘风雨。　　天上人间相属。效云鹏,相师相伍。轩辕在抱,尽倾心血,植根乡土。如火朝阳,如金岁月,不应辜负。唤关西大汉,铜琶铁板,唱英雄谱。

贺新凉·读兆颐大师为李扬前辈画《持蟹赏菊图》

大雁南归后，正东篱，酿香润色，蟹肥时候。幽愤填膺无处诉，总赖从前杯酒。伴泪痕，相濡襟袖。缧绁加身投冷眼，算每年，魂断当重九。多少事，怯回首。　　元龙豪气疑天透。为当时，亦狂亦侠，忘年诗友。好是晚来风味足，不负黄花相守。但怅望，怕伊消瘦。历尽红羊人未老，问一坛，块垒能浇否。凭尺幅，寄怀久。

蝶恋花·听宝琴女史抚琴

焦尾秋桐清夜抚。叶上珠圆，涧底流莺语。拨碎芭蕉心上雨。窥人月在闲窗户。　　半臂添凉人楚楚。云外潇湘，月里霓裳谱。忍把心期弦外吐。眉痕尚有文君妩。

扫花游·竹

一帘夜雨，正瘦影敲窗，新筠如箭。昔时旧馆。

但和烟写韵，任风吹散。迹浥斑斑，翠袖天寒倚遍。恨能减？况难觅闲庭，当时歌扇。　　苔迹都素染，纵劲节凌空，怨深愁浅。碧涟漫卷。正拂云扫雾，月华如练。笛里凄凉，尽是离人眼泪。叹春晚，一声声，赏音人远。

徐金保　1959年生，甘肃省天水市秦州区天水镇人，天水镇石徐小学教师。中华诗词学会、甘肃省诗词学会、天水市诗词学会会员，出版诗集《山野风》。

冬　闲

谁不爱尧天，野居人自闲。
开门见梅蕊，看鸟下夕烟。
炕赖贤妻热，酒约邻叟添。
冬来无一事，听雪步书山。

冬至闲吟

诸君不必问行藏，至日乘闲过玉梁。
鹤下野湾沙正浅，云拂古木日初长。
晚来烧酒七八盏，晨写歪诗三两行。
些许阳光余就暖，幸福应是最寻常。

新年喜获《中华诗词大学》毕业证兼呈王东篱老师

又是新春贺喜时,衔书青鸟恰来之。
梅花阶下含苞笑,家犬门前迎客迟。
曾感春风能化雨,犹欣拙笔赋幽思。
酬恩再上书山去,还向人间觅小诗。

游庙山

沿途风景也绝殊,十里青山画不如。
天路驾车云伺候,林花招手鸟欢呼。
潺潺溪水穿竹过,隐隐莲宫破雾出。
万壑千峰归我有,顿觉名利是虚无。

粉　笔

三寸微命泥一团,演出古今百家言。
自将性命全不顾,指迷点津解人难。

陈田贵 1962年出生，甘肃省天水市武山县马力镇人，中共甘肃省委副秘书长。中国作家协会、中华诗词学会会员。主编出版的作品集有《中华诗词文库甘肃诗词卷》《甘肃对联集成》等。创作出版的作品集有《花刺集》《行思草笺》等。

卦台山

卦台巍峙郁葱葱，云漫高阁气势雄。
二水交流腾紫雾，双龙环绕起长虹。
三阳开泰千畴秀，八卦成图万象通。
高路车鸣鸡唱远，桑麻遍野颂人宗。

仙人湖

山岩叠翠水幽蓝，鸟语花香入画船。
蜻弄晴柔姿款款，鱼吹碧浪意闲闲。
天清云淡随舒卷，风静舟轻任去还。
崖上菩萨应羡我，不修佛道也成仙。

榜沙河

发源南岭彩云间,越谷穿峡走渭川。
染翠飞红千里秀,抛珠播玉万家欢。
满川稻麦翻金浪,两岸村庄映柳烟。
一路歌声一路笑,清流直过武城山。

春登木梯寺远眺

登上木梯放眼宽,风光如画揽胸间。
远山迤逦飘白雾,近水蜿蜒绕翠田。
绿树葱茏拥寨舍,丹霞绚烂是桃园。
人欢马叫春来早,旭日金辉照满川。

油圈圈

精面和油千遍揉,几番烘烤见火候。
一圈花秀黄菊瓣,千载名高彩云头。
酥软总将舌齿诱,香甜常在梦魂留。
离家创业走天下,每忆圈馍起乡愁。

马晓萍 1962年生，女，回族，甘肃省天水市张家川回族自治县张家川镇人。天水诗词学会理事。

宣化冈拱北

一重敬仰一观光，拜谒身临宣化冈。
金碧参差瞻拱北，秋风到处颂华章。

关山行

吟鞭向岭意如何，扯片白云当锦罗。
俗事浮尘皆掷去，清幽境里听山歌。

平安牧场

暑消何如夕照时，奇花漫处马飞驰。
诗情最爽山风晚，雅韵吟来吾和谁。

咏梅（新韵）

寒风瑟瑟动窗纱，瑞雪莹莹兆岁华。
百卉凋零空寂寞，一枝初放竞奇葩。
冰清玉蕊新香溢，骨傲霜晨气韵佳。
倩影横斜姿更俏，芳讯和月寄天涯。

雪

绒花款款落无声，素袂缓舒天际行。
玉缀梅枝增秀色，银镶竹叶赛瑶琼。
芳踪飘去尘埃尽，柳絮铺来沟壑平。
著就冰心滋大地，化成春水泽苍生。

杨民升 1962年生，字宗楠，河南省新安县人，天水海林厂职工。中国楹联学会会员、甘肃省楹联学会、天水市诗词学会会员。

南乡子·赠平凉辛自美老师

汭水育贤良，万里诗帆谱彩章。古韵新声抒壮志，琳琅。大雅风骚吟兴长。　　曲调自悠扬，播雨耕云月满窗。掩卷深思思绪涌，寻芳。妙语纷呈透墨香。

诉衷情·贺杨利伟飞天载誉归来

当年万户欲飞天，启后敢昭先。英魂梦断何处？壮举史无前。　　观火箭，载人船，凯歌还。太空游览，星汉欢颜，宿梦今圆。

谒天水卦台山有感

始祖三阳遗卦台，寻根访古谒山来。
登临圣地春光秀，瞻仰羲皇晓色开。
八面青山歌渭水，千年古迹响惊雷。
雄风启后同崇祀，伟业承前共力培。

读《爱国主义教育基地对联选》兼呈内蒙火花门票收藏家张士儒先生

谁举红旗定大同？千秋圣地忆英灵。
党人志士功勋贵，碧血丹心业绩隆。

精品火花歌四海,专题门票颂群雄。
汇编联艺凝才智,爱我中华气贯虹。

雷云鹏 1963年生,甘肃省天水市秦安县云山镇人,农民。天水市诗词学会会员,诗集《云山看云集》行世。

黄鹤楼

楼空鹤去碧云游,莫把情思付水流。
古迹千年今尚在,风光一片为谁留。
日偏不见仙人影,月色还临鹦鹉洲。
万里来寻江上韵,一杯清酒助春游。

敦　煌

宝库欲从何处寻,三危山上乱如林。
经书有洞流沙掩,壁画无言风雨侵。
不去石雕人共仰,飘来仙乐鬼神惊。
国民应解文物贵,代代相传贯古今。

沁园春·清水采风

莽莽关山,轩辕故都,上邽古城。看民房改造,楼云栋起;邽山重建,铁塔高撑。十里平川,一方闹市,两岸青山草木萌。登高处,见牛头河水,日夜奔腾。　　江天万里澄明,引泽惠重修铁路兴。喜客商东到,琳琅满目;霞光西去,老树留莺。几代工程,百年大计,战鼓催征送远程。辉煌史,有秦非牧马,壮侯屯兵。

沁园春·南郭寺怀杜甫

千古文章,万丈光芒,敬仰先贤。忆旧时岁月,官场遗恨,壮年佳境,豪气冲天。世路崎岖,山河破碎,抱负如何化作烟。丹心在,有石壕三吏,今古名篇。　　梦中国事萦牵。曾万里西来越陇山。任征途艰险,诗心不老,牛车寄望,身世难安。古镇秦州,甘泉老路,百首诗成洒大千。南郭寺,觅少陵身影,古柏清泉。

沁园春·大地湾怀古

惟我秦安，亘古大地，青史辉煌。忆旧时岁月，江河泛滥；仰韶时代，大地洪荒。陇水沟边，山林石畔。渔猎归来人共狂。数千载，哀人间饥苦，生死无常。　　羲皇故里苍茫，看大地湾中历史长。问女娲何在，祠开三面；伏羲早去，教化多方。岁月迁移，迹行莫辨，统领人间路正长。重游处，见残灰破灶，古道斜阳。

王君明　1963年生，甘肃省秦安县郭嘉镇暖泉人。天水电视台编辑，天水市诗词学会副会长，出版诗集《冰河吟稿》。

咏天鹅

云淡风清芦荡中，欲翔展翅尚朦胧。
曲高和寡知音远，影只形单伴侣空。
腐鼠疑心猜美味，天鹅傲骨啸长风。
一飞昂首凌霄汉，俯瞰瑶池晓日红。

老牛叹

老态蹒跚谁感伤？夕阳影里路微茫。
年年春种奋田垄，岁岁秋收满谷仓。
咀嚼半槽刍往事，耕耘一世慰衷肠。
而今老境臻恬淡，犹自扬鞭犁雪霜。

谒岳麓书院

碧草茵茵拥学堂，秋晖何幸沐文郎。
湘江赴北涛声劲，衡岳归南岫色苍。
虎啸龙吟传楚汉，云蒸霞蔚粲尧唐。
闲庭俯仰襟怀古，老树嘤鸣好鸟翔。

孤山怀林和靖

翠入林深山寺幽，诗囊半醉作悠游。
开门袅袅迎晨雾，无语关关听睢鸠。
霞染碧湖湖作镜，人观绿野野回眸。
孤山梅鹤今犹在，有客低吟傍晚舟。

孤山怀苏小小

草履西泠费琢磨,盈盈绿甸柳婆娑。
诗情驰骋青骢马,筝韵缠绵红粉歌。
闺秀怀春梅子雨,名门惊梦阮郎蓑。
香销十八绝尘去,水佩风裳奈若何。

戴金旺 1964年出生,甘肃省礼县人,天水市检察院常务副检察长,天水市检察官文联主席,出版《戴金旺诗词》一书。

访曹雪芹故居

萧森气韵锁烟霞,日隐红楼傍帝家。
矮屋几间撑大地,斜阳满野望京华。
缘生木石忆娲女,情断月花送暮鸦。
潦倒贫穷空啸傲,长留一卷玉无瑕。

思　家

万里云天老梦长，苍烟落处是家乡。
千山拱秀排翡翠，一水绕郭种绿杨。
朝登仙阁望海曙，夕归暮色拜高堂。
闲来共坐明月下，笑谈他人名利忙。

咏月（新韵）

开劈鸿蒙挂玉盘，嫦娥奔月是何年。
娇羞未露纤云蔽，倩影难说广宇寒。
千载皎洁凭自苦，一生轮转任它圆。
天翻地覆人间改，皓魄依然高处悬。

记　游

江南多秀色，几度任流连。
芳树通幽径，西湖迷紫烟。
竹喧山后路，花映水中莲。
旧日繁华地，风光胜当年。

樊小东 1964年出生，甘肃省天水市秦州区杨家寺人，甘肃省诗词学会、天水市诗词学会会员，著有《圆梦集》。

〔仙吕〕忆王孙·送奶工

清晨忙碌到黄昏，日晒风吹实苦辛。谁赞其人是女神，（喂胖）小娇孙，一套（儿）工装白似云。

〔中吕〕山坡羊·故乡狮子岩

岩生灵兽，风吹鼻嗅，从来造化钟神秀。卧山沟，偶神游，一方厚土年年佑，归去来兮它故乡守。观，张巨口；歌，心自吼。

〔中吕〕喜春来·遥寄

闻君华诞吟诗贺，心海随之起浪波，青青岁月未蹉跎。同乐乐，多写好诗歌。

李茏 1964年生，甘肃省天水市武山县马力镇人，供职天水市委，《天水宣传》主编。天水市作家协会副秘书长、天水市诗词学会会员。

隗嚣宫遗址怀古

漫讽能称帝，当年只自雄。
依稀传故事，仿佛见前宫。
天水应难据，关山信已通。
将星随地落，殿宇倚山空。

谒天水师院霍松林艺术馆

大野龙蛇总渺茫，文心武魄亦玄黄。
雨斜秦岭三山近，霞蔚南湖五色彰。
丽泽瀛台天水美，凤亭莲路牡丹香。
芸窗朝夕鬓华白，再做莘莘识字郎。

读《逍遥游》

会当展翅海蓝蓝，水击天池只向南。
辙鲋堪怜游一掬，鸠蜩岂效返三泔。

扶摇羊角沧溟笑,背负青天云汉惭。
北斗星文垂宇宙,玄黄大块万殊涵。

望麦积灵岳

陇头四顾脉回环,瑞结孤峰缥缈间。
浪翠风涛松五粒,鹅黄柳绿水千湾。
米堆画出伏波箸,饭课瘦生诗圣颜。
朝拜佛龛隋塔峙,常歌禹甸入南山。

元旦感怀(新韵)

天上风云庆会时,雪弹冬霰润松枝。
邻家华宇娱宾酒,稚幼啼歌乐岁诗。
老去又逢新岁月,春来还罩旧莱衣。
晚风何处山歌调,唱到东溟月满时。

刘向京 1964年生,甘肃省天水市甘谷县人,天水卫生学校教师,中华诗词学会、甘肃省诗词学会会员、天水市诗词学会副会长。

酬天宁兄贻四君子图

师出名门自不同,紫芝法度契虚冲。
幽香淡淡摇轻碧,疏影离离绽冷红。
呵手怜君情独厚,搜肠愧我句难工。
丹青三尺才悬壁,便觉吟窗动竹风。

注:紫芝系著名书画家何晓峰之别号。

卜算子·秋末姚越兄招饮,分韵得宇字

杯浮玉液香,席对仙舟侣。羲里金秋雅宴开,瑞气盈庭宇。　吟啸兴无穷,俯仰谈今古。何幸人间四美并,八韵邀同赋。

注:四美,指良辰、美景、赏心、乐事。

回乡风情园

名园华构夺天工,殿阁亭台曲径通。
扑面喷泉时作雨,傍湖垂柳细摇风。
桃源仿佛来方外,仙子依稀入望中。
最爱花儿腔调美,余音袅袅漫晴空。

西江月·登大像山

但有豪情冲斗,何愁朔气凌威。诗朋结伴佛乡来,正是风云际会。　　宝像依崖端坐,灵鸟绕阁高飞。梵音入耳胜惊雷,点悟三生蒙昧。

过姜维墓

凭高三叩首,来拜古英雄。
匡汉心犹在,回天梦已空。
家书明远志,斗胆蓄孤忠。
还顾魂归处,松蒿立朔风。

王正威　1964年生，甘肃省天水市甘谷县人，天水师院教授、诗书画协会主席。

咏　兰

兰蕙生幽谷，不同萧艾群。
素心凝皎月，高节倚行云。
风入仲尼曲，韵流屈子文。
春分游九畹，满袖有清芬。

雨后行

一夜春风雨，山川复洗妆。
清涟摇柳影，湿翠送花香。
漠漠浮云远，盈盈飞燕忙。
长堤凝目处，藉水正汤汤。

春　雨

春雨飘飞喜煞人，新晨独步藉河滨。
骋怀昊宇忘尘世，游目清涟戏锦鳞。

垂柳尚怜犹拂水，通衢稍喜不扬尘。
好风起处小亭坐，襟落梅花独自珍。

雨后游杜陵

晨雨初停云脚低，上林苑里独行迷。
幽幽小径游人少，漠漠陵原芳草萋。
杜宇千年吟旧事，瓦当半片缀新泥。
煌煌盛迹叹湮灭，翁仲生苔桃李蹊。

感 怀

家居耤水野山间，俯仰自如遗宇寰。
花谢花开无所谓，云飞云止不相关。
诗文且赋平生意，书画聊消半日闲。
乌有之乡驰骋处，子规鸣急雨潺潺。

姚越 1963年生，号逸轩，甘肃天水市秦州区牡丹镇姚庄人。高级工程师。中华诗词学会会员、中华诗词学会散曲工委委员；甘肃省诗词学会理事、副秘书长，甘肃省散曲委员会常务副主任；天水诗词学会副会长。

卦台山

渭水曲流环卦台，凌波龙马负图来。
仰观天象星辰灿，俯察地维花叶开。
太始春秋随否泰，永年日月不重回。
山川景运穷玄道，造福子孙功德巍。

浣溪沙·南山听琴

绿绮泠泠流水长，翠微深处小山冈。难寻惬意度时光。　　清磬梵音飘古寺，胡笳逸韵绕亭梁。频添禅意伏天凉。

[中吕]山坡羊·东柯草堂

秦州有幸，东柯有幸，诗留百篇肃然敬。别长亭，避甲兵，秋风茅屋当歌咏，兴叹声中喉欲哽。野老情，寒士领，诗圣名，同昼永。

封丽珍 1965年出生，女，甘肃省天水市麦积区人，天水锻压机床厂职工。中华诗词学会会员、天水市诗词学会会员。

小寒翠湖公园行吟

萧瑟园中景，小寒节气临。
枝秃鲜有鸟，径冷远闲人。
玉镜银光嵌，凫雏白日曛。
梅花邀我至，清气作佳吟。

秋游南山云端

家山处处沐朝晖，玉露轻匀滋翠微。
岭上深林浓墨染，空中小字彩笺飞。
清音一片情无尽，雅兴几分心久违。
仄径徘徊浑忘我，张张笑脸菊花肥。

麦积山

遥观麦垛插云层,苍翠孤峰一脉承。
历代禅机藏故事,春秋烟雨醉新朋。
丝绸古道千年久,石窟前朝数载兴。
小小沙弥赢世界,东方微笑永图腾。

端　午

五月熏风逐日长,闻鸡陌上踏青忙。
柳枝露水谁家早,艾叶荷包任户香。
遥祭千年思屈子,传承一脉念荆乡。
龙舟鼓点云霄彻,后世犹期奏《楚狂》。

巩晓荣 1965年生,甘肃省天水市甘谷县人,甘谷县畜牧局高级畜牧师,中华诗词学会、甘肃省诗词学会、天水市诗词学会会员。

冬日马跑泉

不见泉湖马咆哮,几多游客漫西东。

千丝岸柳垂园野,万絮芦花会北风。
弯月含情辉阆苑,锦亭吟赋望春红。
冬阳暖暖飞嘉气,坐爱经台谁与同。

冬日麦积翠湖

日照翠湖蒙若烟,冬风不冷野禽翩。
瑶池王母邀诗客,海市蜃楼接渭川。
雅曲歌吟羲里秀,文舟情满白娃妍。
今朝欣喜开青目,春意悠悠在近前。

靴子坪姜维墓

靴子坪中柏杳冥,一堆故土祭英灵。
当归难尽慈颜孝,远志犹为蜀国宁。

甘谷大像山

春暮景明登隘径,有缘随意入芳微。
羲皇殿上贤声望,大佛莲台瑞鸟飞。

目极冀川描画影，心存善念去僧衣。
碧湖柳翠晴光好，习习松风不忍归。

兰金补 1966年生，甘肃天水人，在兰州工作。中华诗词学会会员、天水诗词学会会员。

原韵谢少林方丈兄赐和

握别云台逾十年，几番鸥讯叩南天。
穷居西塞吾何有，梦到知音信未眠。
一段诗缘柔岁月，满怀心事籍鸣舷。
明朝应许门前过，携汝郊行胜野鸢。

远　望

楼台怅对日将残，霾雾阴阴锁大观。
争耸砼林云角隐，惊飞城雀树梢盘。
疫驱忽忽一年尽，据失芸芸百事难。
世界而今同走马，生涯莫问几时安！

写给抗疫志愿者

奔波一线久为功，何惧饥寒更雨风。
扶老将雏情愈热，排忧解语步尤匆。
疫魔许尔高千丈，夙志怜吾积寸衷。
不信阴霾难扫尽，心头恃有大旗红。

感西安疫情

沉沉疫雾满长安，太息苍生此倒悬。
万马喑时真寂寞，一城封处倍熬煎。
帝王州黯失筹策，大纛风生待举鞭。
与子同仇须唱响，三秦明日有新篇。

春初杂感

春来生意未堪寻，疏影凌寒恐不禁。
小草偷萌星点绿，银滩惊起两三禽。
水清倒映黄河柳，日暮长悬悲世心。
望里楼台千百座，伊谁共我诉幽忱。

晨　步

阳和初绽小桃时，惜取东风又一枝。
百尺梢头宿鸟立，四方塘畔野凫迟。
人间怕少天然趣，战火难消疫事悲。
叹息此身真似寄，眼前春草任迷离。

赵跟明　1966年生，甘肃省天水市麦积区甘泉镇人，中华诗词学会会员、甘肃省诗词学会理事、天水市诗词学会顾问，著有《七步斋诗文选》等。

登徽县吴山

放眼四围披绿深，吴山步道又登临。
问名方始识嘉木，闻唱频惊见野禽。
形胜亭前遥指点，辱荣身后任升沉。
我来已是第三度，忽被闲云触动心。

回乡杂吟

片片家山出岫云,也随乡梦扰人勤。
半宵檐雨近窗滴,一带松声隔涧闻。
别后偏多新燕垒,归来无复旧鸡群。
余年何处搁离绪,渺渺吟怀借酒醺。

傍晚翠湖漫步

镜面平波水一区,风光五月景尤殊。
荷花近岸添新韵,芦叶笑人成老夫。
清入吟怀鱼逐影,红生晚照树栖乌。
乡情渐远无多梦,何处天涯思脍鲈!

蜀 游

巴山蜀水相思地,万里风尘作壮游。
吊古当年过剑阁,吟怀此际俯江流。
杜鹃声杳云舒卷,夜雨雷殷诗唱酬。
我与青莲同梦寐,天涯踪迹任勾留。

崇福寺感怀

力疲曲径晓寒凝,山寺何妨病足登。
踏叶偶逢供佛客,入门便问坐禅僧。
平生长恨青云渺,双鬓徒嗟白发增。
世事苍茫空感慨,低头但倚一枝藤。

张向红 1967年生,女,甘肃省天水市麦积区人,天水水泥厂职工。中华诗词学会会员、天水市诗词学会会员,与人合著有《四清集》,诗集有《沁菊轩吟草》。

鹧鸪天

细雨绵绵云雾飞,魂牵梦绕入深闺。怀中自有真情在,休向春山渭水悲。　秋雨尽,漫游归,笑他红瘦绿空肥。人间恨爱知多少,红豆相思几百回。

临江仙

何处何人吹玉笛,鸳鸯春梦难寻。柳黄梅落雨寒侵。婷婷明月色,渐渐入丛林。　风雨楼头伊去后,归来事事伤心。蜂儿三五闹花阴，遥天横碧水，魂断泪盈襟。

郭永锋 1968年生，甘肃省天水市秦州区杨家寺人，秦州区耤口中学正高级教师，中华诗词学会会员，甘肃省作协会员。《天水诗词》主编。出版诗词集《藉河流韵》、编著《德育诗词百首详解》等。

南郭寺欣逢王正威老师（新韵）

雨过南山静，初秋暑气凉。
竹林烟抹翠，沟壑草生香。
吟唱怀诗圣，诵读沐日光。
念师关切语，岁月最情长。

与麦积诗友雅聚（新韵）

忙里邀相聚，暂得午后闲。
谁人知我性，情趣悦心田。
话引清茶后，诗呈老友前。
古今平仄事，浸润笑声间。

悼任道长（新韵）

终南山色晚，霜叶染云峰。
传道识尊面，闻经沐蕙风。
龙蛇凝气韵，桑梓遗真情。
羽化升天去，仙班第几层。

注：任道长，即任法融，天水人，全国政协常委，中国道教协会会长。

"古典诗词进校园"耤口中学朗诵会有感

风雅醉高台，诗人舞韵来。
青山薰气染，耤水浪花开。
文脉皆心造，夭桃满院栽。
国学多浸润，他日遍英才。

秋怀杨效俭老师（新韵）

潇潇暮霭叶初黄，烟笼皇城地气凉。
词客已吟风意境，恩师可谱雨华章。
一生道义台前颂，满卷诗书峁水扬。
我对流星思教诲，深深韵脉倾心藏。

注：流星，即《流星集》

贾锦云 1968年生，女，甘肃省天水市麦积区人。天水市经济开发区税务局干部。甘肃省诗词学会、天水市诗词学会会员。

麦织甘泉云雾山

雨后春山分外新，两重相对绿嶙峋。
谷幽深涧回声过，树矮藤长跃鸟频。

探 梅

遥闻梅一枝，生在径西陲。
仰首斜斜立，回春窈窈期。
寒风催绽蕊，暮雪沁凝脂。
香借黄昏后，幽幽盈袖时。

临江仙·再别厦门

犹记风帆乘雪浪，别时西望长庚。韶华逐梦与谁行。半窗空月色，无寐到三更。　　时序流光方一瞬，何须追问槎程。滩头闲看白鸥惊。烟波何浩渺，望里紫云生。

丑奴儿·翠湖春景

东风吹暖长堤岸，碧水流光。芳草阶廊，浦溆新声犹未央。　　兰桡画舸闲云远，万类添妆。十里花香，明媚三春总向阳。

李三祥 1968年生,甘肃省天水市秦州区平南镇人,中学教师,中华诗词学会会员、天水诗词学会副秘书长。甘肃省作协、甘肃省文艺评论家协会会员。

暮春曲江池行吟

曲水新痕原上见,泉桥通古汉风存。
行吟颠饮遗俗老,文苑雅集泽后人。
谷雨时节乐游处,义山独步暮秋心。
遥思池柳诗情奋,美景绝佳唱晓音。

凤县凤凰湖水上乐园观后吟怀

江畔高楼醉客心,暮春登览望嘉滨。
牛头古道桥边月,秦岭风云过蜀门。
昨夜喷泉犹在眼,三川水会凤凰吟。
今来有幸得诗句,丰谷山头看驿巡。

访两当西坡乡三渡水唐御史吴郁故居

山高不辞远,探访觅诗人。
晨饮伏羲路,午餐江洛滨。

心期吴郁老，情契杜公吟。
问道两当水，千秋有凤鳞。

暮春午后登南山谒杜公祠

暮春交夏上南山，此际回眸恰秩年。
时代大潮鸣凤舞，北流泉眼水依然。
忆昔结社吟怀朗，晓月霜天羡圣贤。
劲健风发如把酒，千秋柏举问青莲。

杨康明 1968年生，甘肃省天水市秦州区杨家寺人。秦州区太京中学高级教师，甘肃省诗词学会会员。

谒红军西路军高台烈士陵园（新韵）

白山黑水起高台，碧血英雄古道埋。
北战西征真信念，后卫前锋大胸怀。
曾闻烈士从容死，更看红旗漫卷来。
地覆天翻为正义，丰碑不朽向天排！

悼母亲（新韵）

骤起寒风大雪扬，才失兄长又别娘。
幽幽水井苔自绿，冷冷厨房饭少香。
曾记南坡苦耘亩，犹思夜半细缝裳。
掀帘不见慈亲面，游子阑珊欲断肠。

秦源怀古（新韵）

古镇春声里，登高旷野新。
青龙涵峁水，苍柏颂唐音。
天育悠悠去，秦风续续吟。
蒹葭今尚在，雨后绿如云。

注：天育，古代天子养马处。

关山行（新韵）

久慕关山美，曾闻陇坻吟。
峰峦因雨翠，林壑以岚深。
放眼马牛壮，沿途商旅纷。
翻思断肠处，从此少征人。

周静 网名月沐风吟,生于1968年7月,天水市麦积区新阳镇人,中华诗词学会会员、中国楹联学会会员,天水市诗词学会副会长兼秘书长,天水市麦积区麦积山诗社法人兼社长和党支部书记,《麦积诗词》主编。

己亥春节后随吟(新韵)

倚马谁能就万言,磨开一剑守十年。
诗成七步功夫外,道悟三生风雨前。
绿绮盈怀诉知己,杜康着意问青天。
书山作枕圆新梦,松岭云头看大千。

春 兴

雅兴谁邀得,新春二月花。
玉兰初绽蕾,老柳早催芽。
诗寄香风榭,情燃暖日霞。
未吟三五首,向晚不归家。

春日游马跑泉公园

陪妻信步喜游园,草色轻微翠鸟旋。
初放玉兰妆晓日,抽芽老柳钓湖天。
梅香引我心境阔,风暖煽情诗眼穿。
伴得春声书雅兴,思潮澎湃更连绵。

己亥三月十九日爱人
往南山牡丹园乃作

夫人去赏牡丹花,春日朝阳满脸爬。
万树争开皆妩媚,一园怒放竞雍华。
香风百里云天镜,粉蕊八坡烟柳纱。
腹有诗情燃不尽,三千佳丽怎如她。

己亥立夏闲吟

数日连绵雨,苍烟锁柳堤。
千流归入海,百蕊化成泥。
断续鸟声唤,从容诗兴题。
春光消逝处,芳草更萋萋。

郭永杰 1969年生，甘肃省天水市秦州区杨家寺镇人，天水市商务局科长，天水市诗词学会会员。

谒杜少陵祠（古风）

一山横卧明月边，诗圣秦州遗诗篇。
浊泪双抛擎沧海，忠魂独舞抚桑田。
云沉阡陌生虎气，风卷江河盖狼烟。
回首南山霜降日，雪飞猿啼夜无眠。

太京暮春（古风）

寥廓怅惘赴太京，过隙白驹重焕新。
含露桃色沉芳甸，花容次第一江平。
碧蓝晴空牛乳洗，紫桐野径染耤滨。
恣肆寒潮绿残半，踏歌吟诵叹零丁。
佳人偶遇成欢趣，佛阁凭吊苨子亭。
玉溪潺潺萦翠竹，清风池畔待月明。
粼光潋滟伴孤影，暄照千年磐石心。
执手凝眸梅着意，应是幽林鸟语惊。
石桥犹恨日月短，君临上界复为邻。
弱柳扶风芳菲尽，隔世蓝坪连理行。

安国 1969年生,甘肃省天水市秦州区天水镇人,秦州区天水镇中学教师,甘肃省诗词学会、天水市诗词学会会员。

新年感怀(新韵)

猴去鸡来气象新,人人忙碌为谁辛?
风云激荡和平贵,商贸绸缪互利真。
打虎拍蝇民点赞,投行筑路党施恩。
神州聚力百年梦,不忘初心处处春。

注:投行筑路,指亚投行和"一带一路"。

渔家傲·贺天水诗词学会成立30周年(新韵)

开放改革天地变,春风妆点景无限。陇上江南文化灿,人典范,首家诗社龙城建。 发展历程风雨伴,扬清鞭腐梅兰艳,硬件乏资当力探。时代唤,三十年后新观念。

注:首家诗社,指天水诗词学会前身,成立于1984年,是当时全国成立的第一家格律诗社。

闫桔林 1969年生，甘肃省天水市秦州区天水镇天水村人，农民，甘肃省诗词学会、天水市诗词学会会员。

杏

春寄繁花一树香，曾凝粉蕊女儿妆。
蜂鸣蝶舞摇头笑，雨至风来洗面忙。
涩味消融芳意久，甜心积淀远情长。
如诗岁月莫相问，熟透橙黄任品尝。

恭贺康坤、韩涛大婚

和鸣礼乐动情弦，璀璨霓虹开贺筵。
云锦初成仙女降，红绳已幸玉郎牵。
而今鸾凤携双日，从此晋秦结永年。
好事多磨终并蒂，得来四座话良缘。

华盖寺

丹霞地貌出名牌，传有仙家揽入怀。
万里晴空开眼界，一方景象顺阶台。

近观始晓乾坤大,细酌深知日月谐。
得盖群施因普度,擎天独揽故乡怀。

山头看天水镇

陇原名镇沐秋风,水绕山环喜大同。
铁马金戈流水去,层楼碧瓦抵天空。
山头寺庙烟云旺,坡上霜林霞影红。
更喜铁堂高速路,催人致富快如鸿。

张晓刚 1969年生,甘肃省天水麦积区道北张家村人。麦积区区阜路小学教师,中华诗词学会、甘肃省诗词学会会员,天水麦积山诗社秘书长。

酸　枣

落黄一径草参差,回首蓦然识那枝。
嗟我浮生偏有慨,知他隐逸更无私。
烟来暮色摇红影,风去华年露老姿。
处世徒多酸涩味,最甜依旧在儿时。

唐多令四首

翠湖新春
新雨漫轻烟，渭滨二月天。看鹅黄点染眉端。皆道城中清雅处，堤岸下、翠湖边。　　曲径绕花坛，碧波映竹弯。数红裙携手依栏。谁识东君情几许，如水漾、拍游船。

翠湖夏夜
堤下晚风轻，滨河雨骤晴。落霞光入水盈盈。芦苇帐中鸭隐处，蛙唱罢、续黄莺。　　沿岸起歌声，清波漾夜明。映霓虹幻彩纷呈，才出画船情涌动，回首见、一湖星。

翠湖秋色
黄叶挂梢头，晴光遍古州。入湖滨十里风柔。苇荻深深深几许，飞白鹭、走沙鸥。　　亭外看纵舟，三桥一望收。恰苍穹似水清幽。鸿雁声中秋欲去。思与共、信天游。

翠湖仲冬
时至岁相交，霜花下渭桥。却途经草叶风凋。十里清波掀不动，冰影白、水声消。　　有鸟倦归

巢，滨河未寂寥。望纷飞雪漫寒宵。一幅新图临岸写，犹放眼、正挥毫。

马小爱 1970 年生，女，甘肃省天水市秦州区齐寿镇人。中国铁路物资天水物流有限公司职工，中华诗词学会、甘肃省诗词学会、天水市诗词学会会员。

咏玉兰花

玉树琼花发早春，瑶台降落化兰身。
冰心只为君开绽，不染人间半点尘。

春雨（新韵）

缕缕春风剪碎云，窗前细雨扫心尘。
滴滴玉露消疾去，还我昔时俏美人。

鹧鸪天·暮春马跑泉公园赏郁金香

已是残春漫绿洲。淑朋邀我始来游。今春未着桃花面,谷雨欣看瑞馥稠。　　人信步,意温柔。置身花海品无休。娇姿倩影流连处,难舍离情总掉头。

虞美人·柳絮

杨花飘荡乾坤漫。惊动枝头燕。朦胧隐路眼迷茫。恰似东风一夜、落清霜。　　岸边绿柳扬青翠。百鸟欣陶醉。不知谁妒美春归。四月人间又是、雪纷飞?

何莉　1970年生。甘肃省天水市秦州区莲亭人。甘肃省诗词学会会员,天水市诗词学会女工委委员,天水楹联学会副会长。

武山水帘洞

水帘垂碧落,泉老未知年。
古木生春意,高崖傍紫烟。

通仙桥有迹，问道殿连天。
壁上琵琶在，飞仙正拨弦。

秦州偶题

红深绿浅裁初好，烟雨因时待画屏。
数里湖天鹅掌水，半堤清梦芷兰汀。
将斜老树添宁静，更借沙鸥说杳冥。
新蜜槐花双合辙，酒旗行客不伶仃。

百草斋和南坡先生

初心好待遇时飞，春去南坡镜日辉。
村落闲云捎寂静，琼花竹叶照轻肥。
草堂有药听仙杵，诗话无痕说式微。
一晌风低山麦去，槐花居处有人归。

采桑子·佛公桥

危崖高窟丁香紫，燕子春泥。芍药开低，金粉廊桥半斜栖。　　也来分墨调深浅，赭点金鲵。翠蔽亭溪，仙观楼台几度飞。

雨霖铃·咏双玉兰堂

灵泉清洌。锁台阶久，胜境重说。那时古柏犹在，杉然立立，繁花欺雪。料峭还寒气候，引人探春绝。忆往昔，阡陌平畴，十里眠烟共诗歇。　　文风不与东风谒。任高情，写就双飞阕。端凭妙笔橡意，从此去，再无豪杰。旧咏新词，应怕清华旧梦难熨。待却了，冬瓦秋霜，再奉双心契。

付伯平　1971年生，甘肃省天水市麦积区花牛镇人，天水百货站职工，中华诗词学会会员、甘肃省作协会员。天水市诗词学会副会长，天水市民间文学研究会会长。著有《平原吟草病案录》《韵痕律程》《汶川七月纪事》等。

热烈祝贺《汉风书画》付梓

汉风旋起舞龙城，书画流香满眼情。
开辟墨田新视野，荒原遍绿醉清明。

锦缠道·秦州区农村建设

昔日荒原，岁月细磨寒昼。少粮油、苦多愁有。搞活开放人昂首，迈步田头，曼舞秦人秀。　　向郊原踏青，比肩携手。喜融融、果甜香酒。上洋楼、拔地歌喉，探杏桃深处，温暖冰心透！

双调碧玉箫·国学大师霍松林颂
——纪念霍松林先生逝世两周年

笺上墨耕，绽彩炫豪情。指下诗鸣，流韵捧福星。阵前果敢请缨，帷中智慧破冰。喜纵横，助舞骚人兴。鹏，昊宇远翔前进！

刘红亮　1971年生，甘肃省秦安县莲花镇人。中华诗词学会会员，甘肃省诗词学会会员，天水市诗词学会会员。秦安县诗词楹联学会会长。

满江红

岁次丙申，春秋之际，余曾三度旅冀城。今随同天水诗词学会同人，参与采风活动。抚昔念今，草成此篇，博诸君子一笑耳。

秋末天寒，怅霜叶，飘零何处。恰又遇，三千词客，一时欢聚。寺外尖山留倩影，亭前流水经行路。正斜阳，映照断桥边，漫回顾。虽羡煞，湖上鹭。　宁须叹，身同絮。对胜境依恋，时光匆遽。欲觅妖娆花自笑，已无婉转莺能语。喜挥毫，恨不似坡公，风流句。

华盖寺（新韵）

乘兴还上最高峰，吹我天风几御空。
梵宇千年留胜境，经书一卷慕仙踪。
树犹远近清溪里，山现高低瑞霭中。
贪看鸟飞余晚照，催归尚自响疏钟。

鹧鸪天·谒姜维墓

为写招魂泪难收，将身报国敢忘忧。风穿红树荒苔静，雨过青山落照幽。　诗一叠，酒三瓯，九原唤起欲何仇。古来寂寞惟余恨，渭水无声只自流。

满江红·重阳节前怀诗友

人世秋风，曾几度，吹教离别。恨从来，红尘都市，五湖烟月。有泪难禁襟袖湿，无愁梦绕心头结。望陇山，渭水只东流，声呜咽。　　青雁杳，黄菊郁。添杯酒，临佳节。念故人消息，此时情切。爱画爱书徒笑我，弄箫弄剑谁成侠。知何年，小聚碧窗前，同欢悦。

闫武装　1971年生，女，籍贯甘肃徽县，天水长城中学教师。中国散文学会会员，甘肃省作协、诗词学会会员，天水市作协、诗词学会会员。著有《筑梦》一书。

天水市诗词学会瞻仰女娲祠即景

追踪寻圣迹，共赴女娲祠。
列队虔诚拜，遥思远古时。

忆母校

一

精英培育铸师魂,智启德明开慧根。
常忆故园花竞艳,远行学子谢深恩。

二

挑灯夜战苦钻研,一众同窗意志坚。
今日并肩谋复兴,少年花季谱新篇。

麦积诗词班小陇山采风

师徒相聚绿林间,秀水灵山好景观。
草瑟石琴云伴舞,诗情画意笑声欢。

大理笔会

斑斓七彩梦云南,民俗风光非等闲。
千里文朋齐聚会,华章雅韵竞开颜。

刘玉璞 1972年生，甘肃省天水市秦州区人。天水市博物馆馆长。中华诗词学会、中国楹联学会会员，天水市楹联学会会长，著有《砚边絮语》。

冬夜南郭寺

影落南山寺，星垂冬夜低。
循阶叩古柏，疑有鹤来栖。

雪后登麦积山

四围素色一溪烟，栈道凌空雪后天。
我逆寒风逐级上，无人似此敢参禅。

伏羲庙后花园（新韵）

月夜无灯花自明，旌旗招展掩春风。
几枝梅杏仙姿婷，一叹沧桑云梦中。

清明李广墓怀飞将

当年万里觅封侯,马革裹尸愿已酬。
麟阁何须图画像,将军一箭志千秋。

庚子抗疫有感

忽起瘟情肆九州,汉阳瘴气令人愁。
八方献爱驱时疫,众志齐心解国忧。
力挽狂澜匡冗政,手持长楫济同舟。
中枢已定大方略,柳色渐春鹦鹉洲。

闫永峰 1972年生,甘肃省天水市秦州区天水镇人,麦积区工商局干部。

意难忘·秋夜兴怀

桐叶初黄。渐金风飒飒,夤夜生凉。云轻星月迥,野旷水天长。花带露,蕊含香,竹影倚东墙。难得逢、秋幽景雅,乘兴浮觞。　　沉吟漫诉衷肠。叹悠悠往事,怕去思量。谁人调绿绮,何处觅周郎?迷晓梦，惹痴狂，纵未醒何妨！却羡那青莲居士，醉酒他乡。

一丛花·秋兴

秋来雨细霭云横，叶落寂无声。登高放眼天连水，渐风起雾涌岚生。洗尽铅华，大千世界，几个看分明！　　乘桴欲作海中行，一棹泛波清。貂裘携侣蓬山去，又谁共我唱嘤鸣！逝者如斯，于思杂白，马齿笑徒增。

教师节缅怀先师邵荣光先生

昔尝沾教泽，时雨化三春。
倾尽一腔血，染成双鬓银。
清高原不假，骨鲠亦为真。
岁月抛人去，思怀日夜频。

醉红妆·春日远足

东风款款送晴柔，远山苍，绿草稠。缤纷绚丽悦双眸，云烟起，绕沙洲。　　人生快意是行游，碧溪上，濯清流。枕石闲听黄雀啭，酣梦里，忘烦忧。

江月晃重山·重阳抒怀

月洒云天缱绻，风摧草木苍黄，江山万里泛秋光。寒声起，水澈菊飘香。　　把酒还思李白，抒怀不效冯唐，龙泉看罢意飞扬。豪情纵，胸胆正开张。

颜刚强　1972年生，甘肃省天水市秦州区天水镇人，秦州区天水镇中心小学教师，天水市诗词学会会员。

读山西运城原市委副书记安永全
《我的高考》有感

人生失意不堪追，展翅高飞泪雨时。
忙碌何须凭借口，囊萤更是立绳规。
几番辛苦鹏图愿，一纸通知骥步移。
壮志凌云传晚辈，光阴珍惜自能期。

张家川采风有感

槐香五月探幽奇，结伴回乡锦绣池。
宣化冈前怀大德，风情园里话经碑。
盈眸陶品琳琅意，掠影珍藏稀世姿。
胜景多多观不尽，张川发展正当时。

宋月定 1973年生，甘肃省天水市秦州区杨家寺镇人，秦州区藉口中学高级教师，天水市诗词学会会员。

母亲逝世二周年祭

已去泉台整二年，音容宛在眼跟前。
旧存孝义成空语，今把相思寄纸烟。
怎见光阴长且待，焉知此事古难全。
唯余自恨多情句，深憾当时看不穿。

答朋友问

同事诸多早入城，耤中固守惯心平。
慵身常负超人力，傲气难为苟狗营。

但觉五秩多华发,何曾三尺少峥嵘。
乡村自有乡村趣,早晚能闻百鸟鸣。

唐满满 1973年生,甘肃省天水市秦州区人。麦积区农业银行职工。中华诗词学会、天水市诗词学会会员。

母 亲

节俭平生从未忧,花中姐弟不知愁。
辛酸付出几多泪,甘做庭前一老牛。

雨 荷

欲绽小荷听雨蒙,娉婷出水半腮红。
天湖有韵今来早,莫让纯情枉逝东。

谒金门·春来了

春来了。翠柳随风曼妙。白玉兰开今最早。放眼仙姿俏。　梦里思花多少。此刻相逢甚好。提笔欲将香韵讨。何处寻芳草。

王旭东 1974年生，甘肃省天水市麦积区麦积镇人，中华诗词学会、天水市诗词学会会员。

教师节感吟

淡淡秋芳漫昊穹，丰恩怎许喻华嵩。
李园犹见耕耘客，寒进欣逢授业翁。
苦觅丘墙深箭竹，且寻陈榻慕云鸿。
霜天已染西烟岭。默入书堂颂雅风。

登永庆寺

仰望僧楼雾锁心，初春和暖自登临。
龙眼坡柏栖风月，野马川溪诉古今。
净土何须香火旺，禅思岂教客尘侵。
洞天佛影青灯曳，偈颂悠悠暮鼓吟。

任法融道长羽化有吟（新韵）

忽报尊师跃九天，满腔思绪悼乡贤。
丰毫挥尽人间事，风骨修成世外仙。

遍洒云滋酬陇右，勤研道法慰霞川。
而今受命匆匆去，灵观朱门不忍关。

苏静 1978年生，女。甘肃省天水市麦积区甘泉镇人，甘肃省作协会员，省诗词学会散曲委员，天水市诗词学会会员。

〔中吕〕山坡羊·抗疫

救灾篷帐，火炉正旺，爱心援助天兵降。雪飞扬，测核忙，斩毒灭疫除阴瘴，众志成城心向党。菊，花正香。人，喜换装。

〔中吕〕满庭芳·盼儿（新韵）

柴门半掩，雄鸡五遍，假寐窝边。烟波四起村庄漫，破晓声传。灯下泪湿了旧衫，母担忧深夜难眠。南飞雁，莫停莫旋，得空报平安。

〔中吕〕山坡羊·一路向西随想

忠魂又见，冢堆成片，黄沙一路英雄现。看狼烟，战旗喧，弓如霹雳人强健，不破楼兰终不还。妻，眼望穿。儿，盼父还。

〔大石调〕初生月儿·张掖丹霞

千里驾车游兴浓，七彩祥云召峻峰，丹霞妙趣时不同。置其中，（想夸）词忘空，恍惚惚、忙定格（那片）红。

王文婧 1982年生，女，甘肃省天水市甘谷中学教师，中华诗词学会、甘肃省楹联学会、天水市诗词学会会员。

宣化冈遣兴

薰风吹我上平冈，百亩园林送午凉。
出岫白云笼碧树，恋花黄蝶逐红妆。

远山易惹游人梦,高柳频牵词女肠。
漫步闲亭添逸兴,更欣时序近端阳。

大像山水上公园

一

高鸿去尽杳无迹,水面烟蒙鸟未啼。
放眼湖天依岸柳,牵连诗意到桥西。

二

十月霜繁草半凋,诗人信步引诗潮。
湖边处处行吟遍,风带箫声上碧霄。

后　记

　　历经三年艰辛努力,《天水古今诗词选》终于付梓。

　　天水是中华民族的重要发祥地,是国家历史文化名城,素有"羲皇故里"之称,具有8000多年的文明史、3000多年的文字记载史和2700多年的建城史。以伏羲文化、大地湾文化、秦早期文化、麦积山石窟文化、三国古战场文化为代表的"五大文化",共同构成了独具魅力的丰富历史文化资源。

　　天水文风素盛。自古以来,帝王将相,达官显贵,文化名流,引领风骚。特别自晚清至民国初,王权、孙海、安维峻、哈锐诸家,名重一时。卓尔不群,蜚声遐迩者,当属任其昌、任承允父子。抗战期间,汪剑平、冯国瑞、聂幼莳、陈颂洛、苏宝图诸公以硕学鸿才倡导风雅,结雍社,聂公任社长。感事抒怀,隽句佳章,士林传诵,新秀接踵而起,盛极一时。

　　改革伊始,百废待兴。1984年7月,马永慎、张举鹏、朱据之、董晴野四公率先在全国诗词冷寞之时,发起成立天水诗社，马公任社长。至 1987 年初经天水市委宣传部批准，改天水诗社为天水市诗词学会，至今已 36 年矣。2015 年学会将会刊《渭滨吟草》改为《天水诗词》，至今出刊 36 期、诗词作者多达 600 余人。立社以来，诗词队伍蓬勃发展，不断壮大。歌吟时代，摹景状物，相互酬唱，颂扬天水，与省内外诸诗学会广泛交流，获得了普遍赞誉。

顺应天水文化发展需要，2018 年 12 月 1 日，天水市诗词学会召开理事会议，决定编纂《天水古今诗词选》一书，以展示天水诗词事业之灿烂与辉煌，补充天水文学中诗词资料的空白。

《天水古今诗词选》涵盖古今，上自先秦，下至 2021 年。书的编排，分古代和近现代两大部分，作品编序，古代按朝代顺序编排，内容涉及天水诗人作品和域外诗人写天水风物的作品。古今域外诗人有：曹植、陆机、庾信、王勃、卢照邻、王昌龄、王维、骆宾王、岑参、高适、杜甫、黄庭坚、朱熹、陆游、张潜、宋琬、董文焕、于右任、罗家伦等，这些域外诗人或在天水为官，或途经天水，留下了大量的诗篇。像唐代大诗人杜甫流寓秦州 3 个月，写下了 117 首诗，成为研究杜甫和这段天水历史的重要资料。唐代好多边塞诗人，把眼光投向天水，因为这里是西出长安的第一重镇，描写风物，歌颂英雄，像王昌龄诗中讴歌西汉著名的天水籍将军李广"但使龙城飞将在，不教胡马度阴山"。清代直隶知州宋琬，尤喜老杜，为其修建二妙轩碑，至今为南郭寺一大文化景观。近现代从1840年至2021年，以作者出生年月先后为序。作品所选，必须合乎格律，意境深远。

本书编纂，古代卷由汪渺、王如峰、杨逍初选一部分，侯金保复选、定稿。近现代卷由郭永锋选录，侯金保、郭永锋增删校订。

在编辑过程中，得到了甘肃省政协党组原副书记、副主席张津梁同志的关心和重视，不仅送来了自己精心创作的作品，还为本书作序、题写书名。天水市原市长杨维俊、王军以及天水市政协原副主席张子芳、市财政局原局长张栋梁、局长张宪泉、市文联原主席王进文、主席杨清汀诸领导为出版本书创造了良好条件。市人大常委会主任张建杰担任本书编委会主任。在此深表感谢。

编纂这本书是一项非常艰巨的工程。古代诗词的选录，要在浩瀚纷繁的古籍里寻找，犹如大海捞针，耗时费力，核对时需广搜异本，仔细甄别。更为艰难的是，编书过程遇上了新冠肺炎疫情，给编辑工作造成很大的困难。编辑人员顶着巨大的心理压力和防控措施等诸多困扰，多次到省、市图书馆和天水师范学院图书馆，查阅大量的资料。另外，古代诗人学识渊博，才情勃郁，用典精妙，是选本中难以辨识的地方，往往需要反复查阅资料、多方比较印证才能定谳。为此，编者用足案头功夫，多方讨教，四处求证。最后选录了103人诗作。这期间，感谢耄耋老人贾伟先生，送编辑一本明代胡缵宗编的《秦州志》点校本，为选录明代以前诗作提供了很大帮助。遗憾的是，《天水古今诗词选》尚未付梓老人家就辞世了。感谢天水师范学院教授雍际春先生，为我们列表提供了所查诗作的作者、书名、出处，还不厌其烦地讲授了查阅文献的方法。现当代诗人中不少作者缺少信息，尤其早年逝去的诗人大多生卒年份不详，我们请天水市公安局副局长肖勇、国安支队支队长卢效宏、户籍科科长蒲元江及其几位户籍干警帮助解决，在此一并感谢。

在出版过程中，天水市人大代表、麦积区政协常委、天水永盛五交化有限公司董事长刘天泉，天水市政协委员、甘肃方大建筑安装工程有限公司法人代表田喜太鼎力相助，深表感谢。

由于编者的水平有限，书中所选诗作在格律上或意境中亦有不尽人意之处，敬请读者体谅。

编者
2021年初秋